鈴木おさむ

妊活ダイアリー From ブス恋

マガジンハウス

はじめに

放送作家の鈴木おさむです。妻は森三中・大島美幸。2002年に交際0日で結婚してしまった僕らですが、結婚13年目にして子供を授かりました。

2014年5月、妻は34歳、妊活休業宣言をして、15年以上やってきた芸人というお仕事を休み、妊活に入りました。

妊活に入ってからは体作りとメンテナンス、そして僕と一緒に夫婦での妊活を勉強し、体験し、妊娠し、出産しました。

この本は、夫の僕目線で、妻のことを書きました。妊活というのは、妻だけでなく夫婦で行うものだと思っているので、男性目線での妊活についても色々と書きまして。なかなか男性目線で妊活のことを書いてる本とかないですが、是非、この本は女性だけでなく男性の方にも読んでほしいと思っております。男性同士がもっと明るく妊活のこととか話せるようになるといいなと思ったり。

妊活に入るまでの、そして妊活に入ってから、妊娠してから出産にいたるまでの妻を、妻と僕を、夫の目線で勝手にいろいろと綴っています。

妊活に入るまでの夫婦のことも、「ブスの瞳に恋してる」パートとして、入れております。

時折とてつもなく下品なことが出てきたりしますが、僕ら夫婦なんでご理解ください（笑）。

妊活ダイアリー　ｆｒｏｍ　ブス恋。皆さんのお口に合うかどうかわかりませんが。

それでは、勇気を持ってページをめくってください。

妊活ダイアリー From ブス恋

もくじ

第1章 妊活ダイアリー 前編

第2章
ブスの瞳に恋してる

第3章

妊活ダイアリー

後編

写真…飯田かずな(ニュートラルマネジメント)
スタイリスト…小泉美智子
ヘアメイク…村中サチエ
モデル…大島美幸
装幀…黒岩二三(Fomalhaut)
協力…香川則子(プリンセスバンク)

第1章

妊活ダイアリー

前編

妊活休業を決めてから、
体のメンテナンス、妊活、
妊娠にいたるまでと、
その時期に起きた
様々なことと、その思い。

芸能人が活動を休む、その覚悟に感動。

２０１４年1月30日、妻がマスコミに向けてあることを発表しました。以下、その言葉です。

「私、森三中・大島美幸は一旦芸人としての活動を休業し、妊活に専念させていただきたいと思っております。

２年くらい前から、このことを考えていて、昨年２０１３年になってすぐ、まず森三中とマネージャーに話しました。旦那には2年前くらいに、休業を提案しました。旦那はすぐ賛成してくれました。

このような決断をしたのは、やはり流産をしたというのが理由です。妊娠すれば出産できると思っていました。流産して、すべてそうではないことに気付きました。体と心を整え、赤ちゃんにちゃんと居心地の良い場所を提供する。それを怠っていたのかもしれません。

仕事柄、体を張る仕事も多く、年齢的にも限りがあるので、妊活の為に休業をするという決断は早めのほうが良いと思いました。

まずは、夫婦で様々な検査を受けるところから始めてみようと思います。そこからは先生のご指導をいただき、いつか赤ちゃんを授かることを願い、頑張ってみようと思っています。お休みさせていただくまでは、後悔のないよう全力で体張らせていただきます!!よろしくお願いいたします」

妻は高校を卒業してから15年以上、芸人として頑張ってきました。そして2002年に結婚してから夫婦生活10年以上経ち。

それは家にいた時だったろうか。妻が突然言ってきたんです。「あと2年くらいしたら、妊活のために休業したい。それまでは全力で芸人をやりたい」と。それを決めて働いている中で、『24時間テレビ』のマラソンの仕事、そして坊主にして男役に挑んだ『福福荘の福ちゃん』という映画の話がきたり、妻は、「なんかこういうのもタイミングだね」と決めてマラソンも走り、坊主にして福ちゃん役を全力で演じました。

妊活をするために休業したいと言った時、妻らしいなと思いました。僕が妻に一番最初に惚れた瞬間。それは深夜番組で、妻がサウナに裸でおっさんとして入って来た瞬間でした。とんでもない女芸人が出てきたなと思いました。今まで女性芸人が崩すことの出来なかった壁。裸になって笑いを取る。しびれました。すごく会いたくなりました。森三中・大島という芸人に。

だから初めて会った時に、勢いとか色んなものがあったんですけど、結婚しようと言ったのは、本能だったのかもしれません。魂が叫んでいたのかもしれません。

僕は、芸人さんが大好きです。芸で見せる芸人さんもいますが、生きざまも見せていく芸人さんもいます。最後にボロボロになった姿まで見せて死んでいく芸人さんもいる。僕は生きざまで見せる芸人さんが凄く好きです。妻にも、そういう芸人さんになって欲しいと思っていました。

1度目の流産をしてしまった時に、もう芸人には戻ることはないかもしれないと思った。だけど、妻はそのことを自ら筆を執りエッセイに書いた。ポジティブな文章で書いた。あのことがあってから妻はさらに体を張って笑わせた。出川哲朗&ダチョウ倶楽部を崇拝し、笑いを取りにいった。その行動はまさに生きざまで見せる芸人。

そして今回は妊活宣言。芸人として生きてきた彼女が、母親になりたいと世間に宣言した。これには大きなリスクが伴う。だって、絶対に赤ちゃんが出来るという保証はないからだ。だけど、妻は世間に妊活するために休むと宣言した。以前、赤ちゃんを授かった時に、急きょ仕事を何本もバラしたりしたので、妻は次にもし赤ちゃんを授かることが出来たら、仕事の人達には迷惑をかけたくないと思っていた。だから妊活休業宣言をした。

そして、妻が世の中に宣言することで、同じような気持ちでモヤモヤしてたりする人の背中をちょっとだけ押すことが出来たりしたらいいなと僕は勝手に思っている。

芸人から母になることを望み、休業し、これを経てどうなるか分からないが、全てを含めて妻は生きざまで見せている芸人だなと思う。そんな妻の姿に改めて惚れている。

会見の時に妻が言った。「おさむジュニアを見たい」と。「おさむ&美幸ジュニア」ではなく、「おさむジュニア」と言ってくれた。そうか、そうなんだよな。僕のジュニアなんだ。妻は僕のジュニアを産む為に、芸人を一時休業する。妻よ。結果、どうなるか分からないけど、僕らなりの夫婦のやり方で、世間にその生きざまをお伝えしながら、生きていこうじゃないか！

妻よ、本当にありがとう。休業するまで全力で体を張りまくってくれ。大好きだよ。

妊活始動、人生初の精子検査を体験。

２０１４年2月。東京に大雪が降った日。僕は妻と一緒に新宿のある病院に来ていました。目的は妻と僕の検査。妊活休業を3か月後に控えた妻が、検査だけはしておきたいと僕を連れてきたのです。妻は、子宮はもちろん、妊娠と出産に向けてのもろもろの検査。そして僕は、精子の検査です。

子供が出来ない理由はなにかと女性のせいになりがちですが、精子と卵子が受精して出来るのが子供ですから。子供が出来ない理由は男性のほうにも半分近くあると言われてます。考えてみれば当たり前ですよね。ですが、やはり検査まで至らない男性が多いのも現実。

妻は僕に精子の検査をして欲しいと言ってきました。僕も自分の精子の状態を知っておきたかったので、即ＯＫしました。僕の知り合いの兄が実は無精子症だったことが最近発覚したりと、気づいてないけど、僕の精子にも問題がないなんて保証はないですから。

そのクリニックに入ると、大雪にもかかわらず沢山の人がいます。そして夫婦も結構いました。旦那さんと一緒に検査しにきたのでしょうか？

精子の検査。いろいろ噂は聞くけど、実際どんな感じでやるのか？　妻の検査が始まり、僕も別室につれて行かれました。そこは採精室というところ。3畳くらいの広さの部屋が2つ。採精室AとBと2つあります。その部屋の前に小さな歯医者くらいの受付があり、そこでプラスチック容器を渡されました。その中にはリモコンと、綿棒が入ってるような透明のカップがありました。そこで言われます。「そちらのカップに精子を取って、持ってきてください」と。最低限の説明。詳しい説明はされません。

その容器を持ったまま、採精室Bに入ると、14インチくらいのサイズのテレビと、その正面にチェア。テレビの下にはズラリとエロ本が置いてあります。そうです。そこに座って「出してください」ってことなんですね。「もしかして」と思ってプラスチック容器に入っているリモコンをテレビに向けると、テレビがついた瞬間、女性のあえぎ声。そうです。AVです。女子高生ものでした。リモコンのチャンネル切り替え的なボタンを押してみると、チャンネルが変わって別のAV。今度は熟女ものです。残念ながらチャンネルはこの2つ。

正直、女子高生ものも熟女ものも僕の趣味ではありません。もうちょい真ん中のセンスあるだろと思ったり。そこで、一体、このエロ本とAVは誰のチョイスなのか？　とか考えてみたりして。このエロ本とAVを選ぶ会議してるのかなと考えると笑ってしまう。このエロ本とAVでは無理だとジャッジした僕は部屋に持って行ったスマホを出し、エロ動画を見て発射することに。

なんかそわそわしながらズボンとパンツを脱ぎます。なぜそわそわするかって？　だってね、数メートル離れた部屋には看護師さんがいるわけじゃないですか。しかも僕が「発射」するために入ったことを知ってるわけじゃないですか。そりゃ、そわそわするでしょ。

下を脱いでチェアに座り、スマホでエロ動画を見ながら、自分の股間に堂々と生えた方のリモコンを右手でシコシコして大きくしていきます。そこでふと疑問が。「何分くらいで発射すべきか？」という疑問。

だってね、早すぎると「この人早漏なんだ」とか思われるし、遅すぎると「どんだけ粘ってるんだよ」と思われる。考えた末、僕が出した答えは「15分で発射しよう」でした。それを人に言うと「長すぎじゃね？　12分くらいじゃね？」とか言うけど、そんな1分単位で削っていけないでしょ。それでね、いよいよ発射の時間が来るわけです。プラスチック容器の中にあった、綿棒入れのような透明のカップを僕の股間のリモコンに近づけます。

そこでさらに疑問。「全部入れていいのか？」。だってね、検尿とかって全部入れないでしょ？　検尿、満タンで入れていったらどんだけやる気あんだよって話になるでしょ？　だからね、最初の「発射」があって、それをカップにさっと入れてね、第二陣はね、入れなかったんです。一番絞りな部分だけ入れたわけです。それがいいだろうと思って。

それでカップの蓋を閉めて、受付に行きました。プラスチック容器に入れた精子入りのカップを、看護師さんに渡す。複雑ですよ。自分の精子を今日初めて会った女性に渡すんですから。

もし1個だけわがままを言えるなら、精子を入れる透明なカップ、周りから見えないように黒い紙でも巻いておいてくれたらいいのになとか思ったり。これで精子採取終了。待つこと20分ほど。僕と妻は先生の部屋に入り、精子の検査の結果を聞くことになりました。その結果で、意外な報告を受けるのでした。

先生の待つ部屋に入っていくと、先生がパソコンをカチャカチャ。するとモニターに僕の精子が映し出されます。めちゃくちゃ動いてる。そこで結果報告。

まず運動率。これは問題ないと言われました。次に、結果が書かれている紙の「正常範囲・やや奇形・奇形」というところの「やや奇形」ってところに○がされていました。「奇形」って言葉にかなりドッキリします。

奇形精子が多いと、妊娠しにくいらしい。僕は「やや奇形」。自然妊娠が望めないわけではないが、あまり無理せずに体外受精に進んでもいいとは思うと言われました。そうか。自分の精子は「やや奇形」状態だったんだな。まあ、これって、調べた日の体調とかいろいろ関係するみたいですけど。ただ、知れて良かったなと。

そして一番の問題は、「量」でした。先生が「量、少ないね。通常の半分」と言ってきました。それを言われて気づくわけです。検尿と一緒で全部入れないほうがいいと思ってましたから。心の中で叫びます。「え？　あれって、全部入れるの？　入れちゃっていいの？」と。でもね、そこで先生に言えないわけですよ。「全部入れると思わなくて、第二陣はティッシュに出してしまいました」とかね。格好悪いでしょ。

僕が黙っていると、先生が「もしかして緊張しちゃった？」と言ってきたので、ただただ無言でうなずきました。それを見てニヤニヤする妻。帰りの車で妻は僕に何度も言ってきました。先生の真似で「緊張しちゃった？」。

でも、嬉しかったのは、妻が「一緒に検査行ってくれてありがとう」と言ってくれたこと。お礼を言いたいのはこっち。自分の精子の状態を知れたわけですから。

ちなみに、検査終了後、先生から「一応、冷凍保存しておきますか？」と言われたので、精子の正常なものだけを取り出して冷凍保存してもらいました。

そんな人生初の精子検査から5か月ほど経ち。妻は子宮筋腫《きんしゅ》の手術を終えて経過も良好。

いよいよ妊活の体のメンテナンスを経て、次のステップ。子作りに至る作業ってやつですね。そこに入る直前、今度は、妻が筋腫の手術を受けた病院から「旦那さんの精子の検査、やっておきましょうか？」と言われました。前回の精子の検査の結果も書かれた紙を妻が見せると、あらためてもう一回やってみようということに。ただ、僕は直接病院に行くことが出来なかったので、在宅採取。家で精子を取ってから3～5時間以内に病院に持ってきてくれれば検査が出来るというのだ。精子って空気に触れたら死んでしまうと思っていました。だから、そんなに生き続けるんだという精子の生命力の強さに感動。

で、妻が病院に行く当日。ベッドの横に、忘れないようにと置いてあった精子採取キット。と言っても、紙コップと容器。朝10時、妻が起きたばかりの僕の前に来て「精子お願いしまーーす」と。まるでファストフードのカウンターでお願いするようなポップさ。妻は朝ご飯を作るためにキッチンに消えていく。で、精子を採取しようと、ベッドの上で一人シコシコ作業を開始するわけです。

頑張ること15分。無事、カップに容器採取。キッチンにいる妻にその容器を渡しに行くとね、妻が「お疲れさまでーーす」。なんか、人生で一番しっくりこない「お疲れさま」。

結婚したての頃、妻は男性がオナニーをすることが理解できなくて、僕がリビングでこっそりオナニーしてるのを初めて目撃してしまった時、ベッドで一人泣いてたんですよ。寂しさと怖さで。そんな妻が、オナニーで精子を採取してきた夫に「お疲れさまでーーーす」と言うこの変化がね、なんかおもしろくもあり。

妻は僕の精子の容器を持ち、病院に行きました。そして2時間ほどすると電話が。その病院での検査結果。濃度というものがあり、それは3000。本当は4000以上あったほうがいいらしいので、ちょっと薄めということでしょうか。今回は、奇形とかそういうことは言われませんでした。おそらく病院によって検査の結果とか報告の仕方も違うのでしょう。そう考えると、精子の検査も、一つの病院だけじゃなく、いくつかでやった方が、自分の精子を立体的に見られるんだなと思ったり。なんか、今「立体的に見られる」なんてクリエイターっぽいこと言ったけどね。そして、その病院では、早めの人工授精をオススメします、とのこと。前の病院では体外受精だったけど、ここでは人工授精。

ちなみに、人工授精というのは、旦那さんの精子をお医者さんが、子宮の中に入れていくもの。体外受精というのは、卵子と精子を採取して、お医者さんの手により、受精させようというもの。なんか、この提案もお医者さんによって違うんだなと思いつつ。そういう意見の違いもまた勉強、そこから何をチョイスするかも勉強。

今回の2回の精子検査を通して分かったのは。妊活をするということは、さらに自分を知っていくこと。そして改めて妊活というのは奥さんのことだけじゃなく夫婦のことなんだと実感。現時点では、夫婦の絆が深くなっていることは間違いありません。
精子よ、ありがとう。

とりかえしのつかない愛し方がしたい。

２０１４年3月15日、僕はブログであることを発表しました。実は、あることを内緒にしていたのです。

２０１１年12月。結婚10年目となったこの年の冬、僕は妻への「お返し」としてあるものをプレゼントしようと思いました（「お返し」の意味は『ブス恋』第1巻をご覧ください）。それは、妻の名前。

結婚10年を記念いたしまして、妻の名前「美幸」を背中に入れようと思ったのです。そうです。妻の名前をタトゥーで入れようと思ったんです。しかも妻に内緒です。もちろん体にタトゥーなんか入れたことないですよ。憧れたこともないです。どちらかといえば反対派。でも、なんだろう。体に刻みたいなと思ったんです。親からもらった体に何してるんだ！　と言う方もいるでしょう。でも親から貰った体だからこそ、その体に覚悟を決めて入れたいと思ったんです。

なんかね、今から死ぬこと考えるなと思うかもしれませんが、僕がいつか死んだ時に、妻が僕の体を見て、背中にあるタトゥーを見て優しくなでて、色んなことを思い出すきっかけになってくれたらいいなとか、そんなことまで思ったりして。

でね、クリスマスに見せようと思い、その1週間くらい前に、知り合いの知り合いのプロの人に頼み、入れて貰うことにしました。

明らかに元ヤンキー風のそのプロの方。ドキドキしながら、タトゥー豆知識を色々聞きました。「背中に入れるのは痛いのか?」→「まあまあ痛い」、「男と女では差があるのか?」→「男の方が圧倒的に痛がる」なんてことを聞き、豆知識を聞かなきゃ良かったと後悔。

ちなみに、そのプロの方の所に来た一番変な客の話。カップルで来たらしく、女性が男性を連れて来た。依頼はなんと「私の彼のアレに私の名前を入れてください」と衝撃オーダー。

なんと彼は浮気をしてしまったらしく、怒った彼女が、二度と浮気出来ないようにと、彼のアレ（詳しくは竿の部分）にアルファベットで彼女の名前をタトゥーで入れることになってしまったのだとか。彼のアレがギンギンなエキサイト状態じゃないと入れられないため、彼女と彼がトイレに行き、大きくした状態でタトゥーを入れ、痛みで縮んできたらまた、トイレに行く。この作業の繰り返しで無事入れ終わったらしい。

世の中には、すごいカップルがいるもんだなんて、そんな話で笑ってごまかしていたのもつかの間、「サイズ、決めましょうか」とプロに言われる。文字のサイズです。「美幸」の2文字。本当は1文字500円玉くらいのサイズにしようと思ったのですが、プロに「なんか奥さんの名前入れるのにあんまり小さいと格好悪いですよ」と言われ、想像より大きいサイズ。1文字、タバコの箱くらいになってしまいました。

ソファーに寝転がって入れて貰うわけですが、正直、痛かったな。振動が体に来る。だけどラッキーなことに、僕は乾燥肌で、インクが体にスルスルと入っていったらしい。今まで乾燥肌がやっかいだとしか思ったことないけど、生まれて初めて感謝。

入れ始めてから入れてる時はね、痛いんですよ。痛いんですけど、その痛みも、背中に妻の名前を入れてるんだと思うと、痛いのと同時になんだか感慨深いものがあり。結婚した時からこの10年間の色んな思い出がよみがえってきて、それとともに名前が体に入っていく気がして。痛いのに感動してしまったというか。3時間くらいで完成。黒い文字で「美幸」。うん、なんか渋い。二人一緒になってる感、半端なかったというか。

本当は入れてから1週間、内緒にして、クリスマスに見せようとしたんです。でもね、家に帰ると妻が「おかえりー。むぅちゃん」と激しく抱きついてきまして、その日に限ってやたら背中を抱くんです。「痛い、痛い」とギブアップ。妻に言ってしまいました。背中に「美幸」と入れたことを。妻は超驚いていましたが、僕の背中に入った名前を見ながら「いつまでも見ていられる」と言い、誉めてくれました。その言葉、嬉しかったな。

隠すことでもないと思い、周りには言っていましたが、CMとか色んな都合でブログやブス恋で言うのはダメだとうちのスタッフに言われて言ってませんでしたが、色んな都合がクリアになったため、2014年3月に発表したわけです。

発表というほどのものでもないと思ってたんだけど、結果、ブログやネットで賛否両論色んな意見が飛び交いました。

僕の想像以上に厳しい意見もありました。そうか、世の中はタトゥーに対して、まだこんだけ厳しいのだと思ったりして。正直、少々ヘコんでいるところに、一通のメールが。それはリリー・フランキーさんでした。リリーさんは僕が背中に妻の名前を入れたことに感銘を受けたと。そして最後にこの一言「とりかえしのつかないことは美しいですよ」。

本当にそうだね。色んな人の意見で「離婚したらどうするんですか?」と書いてあった。離婚すること考えながら結婚するんだったらしないほうがいい。うん、そうだ。とりかえしのつかない愛し方をいくつ出来るか? 人生一回。これからもとりかえしのつかない愛し方、していきたいな。

仕事と幸せ。女性芸人としての葛藤。

妻が妊活に入る3か月ほど前に、森三中・村上知子が出産しました。妻にとって村上と黒沢かずこは同じグループのメンバーであり、友達以上家族未満というか。もしかしたらそこには家族を超えた関係もあったりします。お笑いコンビって不思議で仲のいい時と悪い時のバイオリズムみたいなのがある。仲が悪い時でも一緒に舞台に立ち、笑いを取らなきゃいけない。

村上は森三中の中でもしっかりしていて、僕の中では一番末っ子だけど一番しっかりしている感じで、妻がやんちゃな二女。そして黒沢がどうしようもない長女みたいな。

村上には本当に感謝してます。２００2年、僕が若手芸人さんと飲み会をするようになり、その初回に来たのが村上でした。毎週行われるようになった飲み会に村上が参加してくれたおかげで、次の週に黒沢、そして数週間後に妻が来て、出会い、結婚に至ったわけです。

妻に出会った初日に「結婚しよう」と言った僕でした。その発言の裏には、それを言うことでみんな笑うんじゃないかという気持ちもありました。妻もその言葉に「いいっすよ」と返して、また笑う。そんなことを数週間繰り返した時でした。いつものように開催されていた飲み会で、村上が急に怖い顔で立ちはだかりました。そこで言ったのです。「おさむさん、毎週、大島に結婚しようとか言ってるけど、それってブスをバカにしてるだけじゃないんですか？」と。そして「おさむさん、そもそも彼女いるし、本気で結婚するなら親に挨拶行くとか言いますよね？」。あの村上のムカつくカピバラのような顔、今でも忘れません。

結婚＝親に挨拶って、他にもあるだろうがと思いながらも、村上のあの顔で言われたことに僕も火がついてしまい「じゃあ、本当に結婚しようぜ」と、翌日に彼女と別れ話。その次の週には親に挨拶に行ってしまうという衝動結婚に至ったわけです。

村上が後ろに妻と黒沢を従えて、怯えながらもアゴをツンと前に出して僕に言った言葉。あの顔であの言葉を言われなかったら、僕のハートに火もついてなかったかもしれない。そもそもなんて結婚してんだよって話は置いておいて、村上のあのガッツがなかったら、結婚出来てない。

結婚してから数年経ったとき。妻がスランプに陥りました。芸人というのは基本、不幸話で笑いを取ることが多い。妻は結婚して何年か経って、幸せな話が笑いにならないということに気付き、ちょっと悩んでいました。そんな時に村上と黒沢が妻にお説教したわけです。当時、ちょっと髪の毛伸ばして、女性として色気づいた気持ちがあったのかもしれません。同じグループのメンバーとして、怒られたそうです。

その時もおそらく村上が先陣を切り、あのムカつくカピバラ顔で言ったのでしょう。家に帰って来た妻は、いきなりバリカンを持ちだして、髪の毛を切り、坊主にしました。今まで寝ぼけていたと。村上のあの顔は人に火をつけるようです。でも、そのお陰で妻は芸人として目覚め、芸人としての狂気を取り戻しました。

そんな村上も電撃結婚。そして出産しました。なんだか、あの村上に子供が出来るって不思議な感覚です。姉に子供が出来た時もなんだかしっくり来なかったけれど、それと似ているというか。

村上が出産した時の黒沢のコメントは、「沢山洋服を買ってあげて、洋服のおばちゃんと言われたい」でした。そういうおばちゃんいますよね。

ちなみに、2013年、妻があと1年で妊活休業に入りたいと言った時に、黒沢がもっと抵抗すると思ったけど、意外とあっさりOKしてくれたそうです。もちろん年齢も考えてくれてのことだと思いますが。だけど、その時点で村上は妊娠もしてなくて、まさか村上が妊娠～出産って休むことになるなんて思ってなかったはず。結果、村上が産休、妻が妊活休業に入るために、黒沢おばさんは一人で森三中として活動しなければならなくなった。一番人見知りな変人、黒沢が、一人で孤軍奮闘です。

森三中。散々体を張ってきた芸人、大島美幸は妊活に入り、村上は出産。そして一番年上のおばさん黒沢は恋愛する気配もなく太りながら芸人を続ける。不思議な3人の女性。

先日、芸人さんの誕生会に来ていた、とある女性芸人さんと話しました。その人は、森三中に感謝していると言いました。芸人だけど、結婚もしたいし、子供も作りたいし。だけど、女性芸人って結婚して面白くなくなったと言われたりとか、子供を作りたいけど休みにくかったりとか、そういうイメージが多かったけど、森三中が女芸人として、女性の選択肢を広げてくれたと言ってくれた。しかも泣きながら。

女性であることと仕事で成功することとのバランスはとてつもなく難しい。しかも芸人となると尚更。芸人であることと女性であること。幸せと仕事のバランス。芸人である前に女性で、女性でいながら芸人。だからこそ、誰も開けたところのない山に新たなる幸せと笑いのトンネルを掘る。それが妻たちの役目なんじゃないかと思ってたりして。

とりあえず村上、出産おめでとう。

復帰できる日を心待ちに、妊活休業へ。

この原稿を書いている現在、妻が妊活休業に入る、1週間前です。妊活のために一度、芸人活動を休業するわけですが、もしうまくいって赤ちゃんが出来たりしたら、僕はもう芸人に戻らないんじゃないかとか、そんなことまで思ってます。というか、そこまでの覚悟なんじゃないかと思ったり。

僕は芸人・大島美幸が大好きです。なので、本日は、一度お休みする芸人・大島美幸へのメッセージを書きたいと思います。

＊

芸人・大島美幸様。僕があなたを初めてテレビで見たのは、あなたが不良っぽい女とハンドバッグで殴りあっている番組でした。当時はまだ日本海という芸名でした。殴りあいながらも最後は哀しい顔をするあなたの顔を見て笑った記憶があります。

一番衝撃を受けたのは、『ダウンタウンのガキの使いやあらへんで!!』という番組で、おっさんみたいな設定で、タオル一枚、肩にかけ、おっぱいまるだしでサウナに入ってきた映像が流れた時です。それまで、テレビで裸で笑いを取ろうとした女芸人さんは何人かいましたが、やはり女性っぽさが邪魔をして笑えたことはありませんでした。だけどあなたは違いました。あなたの体のフォルムはおじさんでした。僕は家で爆笑しました。凄い女芸人が出てきたなと思いました。

あなたの場合は、裸になっても、顔のどこかに照れがほんの数滴残っている。そこが好き。だからこそ笑えるんです。あの映像を見て、僕は「この芸人さんに会ってみたい」と思うようになりました。その後、出会って結婚するようになるわけです。

僕と結婚してからも主婦であることをフリに、体を張りまくってきましたね。僕はあなたの仕事の中でも特に好きなものがいくつかあります。

一つは、年始のテレビ東京の吉本の特番です。吉本の人気芸人が集まり、ゲームやトークをする企画。女芸人の皆さんは、頭にパンストをかぶり、ぬるぬるオイルがひいてある床を滑りながら競争するというのを必ずやってました。年が明けて、1月1日になり、僕が見る番組はこれでした。女芸人さんが10人くらい出場し、一人ずつパンストをかぶった顔を見せていきます。やはりどんな芸人さんよりもあなたのパンスト顔が一番でした。1月1日の初笑い。僕はテレビであの顔が出た瞬間、携帯で写真を撮影し、それをブログにアップする。僕の1月1日の行事でした。そしてパンストをかぶったまま、ぬるぬる床を転がりながら進んでいくんですが、かならずあなたのパンツが黒沢によって脱がされ、おしりが丸出しになったところでゴングが鳴り、スタジオのそこらじゅうからタオルが乱れ飛び、あなたのお尻を隠す。

あの瞬間、僕は大笑い。そして誇らしい。だってね、自分の奥さんが1月1日にテレビでパンストかぶって、おしり出して、怒られてるんですよ。そんな奥さんどこにいますか? あんな正月を迎えられることが誇らしかったです。

そして『世界の果てまでイッテQ!』。イッテQ!のロケでは現場で様々な戦いがあるらしい。中でも、寒中水泳に行く前のあなたはかなり気合いが入っていましたね。極寒の湖に入り、体が凍り、戻ってこられなくなって、「ダイバーー」と叫んだ瞬間。申し訳ないけど爆笑しました。正直ね、僕の中では心配してる自分もいますよ。だって、みぃちゃんは冷え症でね、それを治すために漢方にも通ってる。そんな冷え症があんなに体冷やしていいわけないじゃない。だけど、芸人という職業に命を捧げてるわけだからね。そんな心配を脳から削除して笑います。そしてそんな姿を見てスタジオの内村光良さん達が笑ってるとまた誇らしくなる。

そんな芸人みぃちゃんに一番冷や冷やさせられたこと。2013年の『FNS27時間テレビ』でね、深夜に女芸人さんのお風呂中継があったんだよね。カメラが中継した瞬間、みぃちゃん、わざと湯船から立ち上がったよね。乳首が見えたかと思ったよ。僕は番組スタッフと見てたんだけどね、あの瞬間、ざわざわしてました。だけど、お風呂に入る前、風呂担当のスタッフが、フジテレビマークの「シール」を付けさせたらしくてね、だけど、色が生々しくてみんなには乳首に見えた。僕のツイッターにも「奥さん、やっちゃいましたね」と沢山書き込まれた。僕の近くにいたスタッフも「もし乳首だとしたら大変だ」ってね、ネットに瞬時に広がった画像をスマホで見つけて、僕の横でね、その写真を伸ばしに伸ばしてね、周りに叫んでたよ「シールでしたーーー」って。みんな安堵の笑顔。すごいでしょ？　旦那の横でスタッフがみぃちゃんのおっぱいの画像を出来る限り伸ばしてるんだよ。あの時はドキドキしたよ。

と、よく考えたら裸ネタばっかりだね(笑)。こんなに僕のことを笑わせてくれてありがとう。ドキドキさせてくれてありがとう。芸人・大島美幸は僕が一番大好きな芸人さんです。もし子供が出来て、一緒に海外に行けるようになったりしたら、是非子供の前でバンジー飛ぶ姿とか見せてあげてほしいって気持ちはあるよ。そして子供に教育するんだ。「こんなお母さん格好いいだろ」ってね。

妊活休業への覚悟を支えてくれた先輩たち。

２０１４年5月6日の仕事を終え、妻が芸人の仕事を休止し、いよいよ妊活休業に入りました。16年間やってきた芸人という仕事をいったん、辞めたのです。

妻は子供の頃にイジメられていました。イジメられていた毎日から脱却したのが「笑い」でした。笑わせたらイジメられなくなると。ここから妻の体に芸人の血が流れ始めます。ワインの血ではなく芸人としての血。

そして高校を卒業し、吉本興業のＮＳＣというお笑いスクールに入り、芸人を始めたわけです。

芸人になった頃から体を張った芸風の多い妻。リスペクトしている芸人さんは出川哲朗さんとダチョウ倶楽部さん。この二組を神と崇めています。とにかく体を張って笑いを取りたい。それが妻の芸人としての目標。

子供の頃から大好きでたまらなかった番組、『ビートたけしのお笑いウルトラクイズ』に出演が決まった時に嬉しそうに報告してきた顔、覚えています。出演し、ブラジャーとパンティーだけで逆バンジーのヒモに吊るされて、数々のレジェンド芸人さんに笑ってもらえた。

あの日、家に帰ってきて、全力で戦い切った顔で、嬉しそうな寝顔をしていたのも昨日のことのように覚えています。

初めての『お笑いウルトラクイズ』に行く日の朝。正直僕は心配だった。だって、『お笑いウルトラクイズ』といえば、派手なアクション要素のゲームもある。怪我の可能性だってある。でも、それに出るのが夢だと言い切ってた妻を笑顔で送り出さなきゃいけないと思った。妻はその頃、言っていたんです。「体を張って、事故とかにあって、むぅとお別れするのは悲しいけど、それで死んだとしたら本望だ」と。

そんな妻が出かける直前、玄関で、どうせ汚れるからと汚い靴を履いて行こうとしたときに、僕は「憧れの番組に出るんだから、新しい靴を履いて汚してこい」と言いました。僕なりの強がり。それを知った出川さんが僕に会う度に「あれ、いい話だよ〜」と滑舌悪い感じで言ってくれます。

芸人という職業は一度なってしまったら、辞めても、死ぬまでその血液には芸人の血が流れていると思います。

そんな妻が芸人という仕事を一度辞めて、妊活休業に挑むことになった。

妻が雑誌で言っていたので、僕もここで書かせていただきますが、2008年の流産に続き、2010年に2度目の流産をしました。

2回目の妊娠。今度は大丈夫と思った。だけど、仕事で一緒に健診に行けなかった日だった。1回目と一緒。僕が行けなかった日に。僕は遅れて病院に駆けつけた。泣いていた妻。だけど、妻はすごかった。妻は強くなっていた。たくましくなっていた。

その中で思ったんだと思います。あの時ですね。たぶんあの時が一つのきっかけだったのだと思います。子供を作るなら、仕事をしながらじゃなく、一度休んで子供を授かることに挑んでみたいと。

芸人という大好きな仕事だからこそ、「あの仕事のせいでこうなっちゃったのかな」とか思いたくないはずなんです。

よく、恋愛で好きだから別れるなんて言いますが、そんな感じなんでしょうか。

芸人であるけど、女性です。女性ですけど芸人です。その間でいろいろな悩みや葛藤があったと思います。そして妻は妊活休業に入ることを決めた。芸人が大好きだからこそ。

後悔の気持ちがないかと言ったらゼロではないはずです。寂しい思いもあったはずです。

でも、最後の仕事となった『イッテQ！』の収録で、出川さんは妻に言ってくれたそうです。あえて今まで言ってなかったこと。それは。出川さんと上島竜兵さん二人で、「俺たちのリアクション芸を継ぐのは大島だな」と本気で話したことがあったらしい。そのことを妻が休業前最後の収録となったスタジオで言ってくれた。

収録を終えて帰ってきた妻は、そのことを嬉しそうに僕に話しました。話してる途中に、嬉しすぎて目に涙がにじんでいました。

妊活休業に入るまでに残っていた現時点での芸人への未練。それを最後の最後に「ここまでやりきった」という思いに昇華させてくれたのは憧れの出川さんの言葉だった。嬉しそうに語る妻を見て、僕も本当に嬉しかった。

というわけで、２０１４年、妻は芸人・大島美幸を休業して、鈴木美幸として妊活休業に入りました。

とりあえず。いったん、芸人・大島美幸様、お疲れさまでした。

我が家に、亀の「大福ちゃん」がやってきた。

妊活休業に入った妻ですが、そんな僕ら夫婦に小さな変化がありました。新しい仲間が増えたのです。２０１４年4月25日、僕の42回目の誕生日。友達であり仕事のパートナーでもあるコンちゃんという男性がくれたのは、とんでもないものでした。

僕の誕生会をコンちゃんが主催してくれて、いろんな人からプレゼントをいただいてる中で、コンちゃんの番。コンちゃんがくれたものは50センチ四方ほどの段ボール。渡されたので持ってみると、それは軽い。「ん？　なんだ？」と思って開けてみると、タワシサイズの亀の置物が入ってる。が、その置物を触ろうとすると、動く。え？　まさか、まさか。そうです。それは置物じゃなくて、生きてるリクガメだったのです。それを認識した瞬間、多分、この一年で一番大きな声で「えーーーーーー！？　生き物はダメだよーーー」と叫びました。

コンちゃんも結婚していて、夫婦で亀を飼い始め、家にいる奥さんの癒やしになっているというのです。うちの妻も妊活休業に入り、家にいることが多くなるので、僕ら夫婦にとって亀は絶対にいいと言うのです。

僕は今までの人生で、姉と暮らしていた時にウサギを飼いました。でも、2年ほど経って、実家で飼ってもらうことになりました。そのあと、熱帯魚ブームの時に、なぜか獰猛なピラニアを飼いました。ピラニアの餌は金魚。小さなピラニアなので、一口でいってくれません。金魚を半分ずつ食べるという惨劇が毎日水槽で繰り広げられる。それも2年ほど飼いましたが、死んでしまいました。ウサギ、ピラニアと飼って、思った事。僕にはペットを飼うということが向いてないということ。

なのに、結婚してからも、ふとたまに、金魚とか飼いたくなる時はあり、妻に提案してみましたが、妻は断固としてNO。生き物を家で飼うのはダメと徹底していました。

貰った亀はタワシサイズの、ヘルマンリクガメという種類。セットの水槽と温度調節ヒーターなども貰って、比較的亀の中でも飼うのは簡単だと説明されますが、想定外のプレゼント過ぎて全然頭に入ってこない。それどころか、このプレゼントの話をしたら、絶対妻は怒るだろうなと、そんなことばっかり頭によぎる。でも、貰ったものは貰ったもの。妻に電話して言いました。コンちゃんに亀を貰ったことを。妻は電話口で叫びました。「えーーーーーーーー!? 生き物はダメだよーーー」と。僕と一言一句同じ言葉。さすが夫婦。さすが顔も似てきただけあります。

家に持って帰ると、妻はテンション下がっています。「コンちゃんには悪いけど、うちで亀を飼うのは無理だよ」と。そして「できれば誰かに貰ってもらおう」とまで言いました。妻は爬虫類が苦手。絶対に触れないと言ってる。でも、まずは貰った亀をとりあえず見せようと、箱から開けて出しました。正直、なんでしょう、最初に箱を開けて見た時から、そのリクガメの顔にキュンとしたことは事実です。でも、妻が「やっぱり誰かに飼ってもらおう」と言うかもしれないと思い、「俺はこいつにキュンと来てない」と暗示をかけていました。妻は飼いたくないという思いが先行しているので、亀を見てもテンションが上がりません。

箱を開け、まずは餌をあげなきゃと思い、冷蔵庫に入れてあった小松菜を切って、小松菜をさっと亀の前に差し出しました。その時です。亀が小さな口を開けて、僕が手に持つ小松菜にくらいつきました。すると口の中から小さな舌が出て来たのです。赤い舌。その姿を見て僕のリミッターは外れました。「かわいいーー」と叫んでしまいました。と横にいた妻も言いました。「かわいいーーーーー」と。そうです。妻も我慢していたのです。亀を見た時からかわいいと感じていたけど、蓋をしていたのです。

妻は生き物が嫌いなのではありません。飼ったらいつかさよならする時が来るから、飼いたくないというポリシーなのでした。だから愛情が生まれてしまう前に、飼いたくないと言ったのでしょう。

コンちゃんは言いました。「亀は飼った者にしかそのかわいさは分からない」と。飼い始めて早1か月。妻は毎日、笑顔で亀に餌をあげていますし、触って水槽から出して日向ぼっこもさせてあげてます。

亀の名前も妻が付けました。タワシサイズの亀を見て、妻は言ったんです。「大福みたいでうまそうだから、名前は大福にしよう」と。亀に食い物の名前を付けてしまう妻。大福の福ちゃんということで、妻は毎日、「福ちゃん」と呼んでいます。

今は、コンちゃんに感謝しています。自分で決めたルールって壊せないじゃないですか。固定観念で決めている。だけど、誕生日で貰ってしまったことにより、それを壊せた。

家に生き物が増えたことは小さなようで大きな変化。妻が毎日、「福ちゃん」と呼んで面倒を見ている姿、僕はとても好きだ。

僕と妻のルールを壊してくれたコンちゃんには本当に感謝している。そして、大福ちゃん、鈴木家へようこそ。

最初のミッション、子宮筋腫をやっつける！

妻は2014年5月の妊活休業に入ったら、すぐに大きな予定が1つ入っていました。妊活休業をすると発表した時点から、知識のない男性レポーターなどは「子作りするんですよね」とニタニタした顔で聞いてきました。子作り＝SEXみたいな、中2男子的発想です。妻は妊活休業に入る理由の一つとして「体のメンテナンス」を挙げていました。子供を作るのにいい体に仕上げたいと。

妻の子宮には数年前から子宮筋腫がありました。最初は3センチほどだったのですが、年々大きくなってきていて、5センチを超えていました。人によっては10センチを超える子宮筋腫を持っている人もいるのですね。僕の知り合いは、子宮筋腫がかなり大きくなっていて、病院の先生に「処置しなくて大丈夫」と言われたまま第二子を妊娠、出産。ですが、妊娠7か月目で押し出されるようにして出産してしまいました。本人は「やっぱり筋腫、取っておけばよかった」と言ってました。

この子宮筋腫を処置するか、しないか。つまり手術で治療するか、しないかは本当に意見の分かれるところです。しかも妻の場合は、まだ出産を経験していません。以前通っていた病院では、「手術はしなくて大丈夫だよ」と言っていました。結局、２０１４年5月の段階で6センチあったわけですが、それでも、お医者さんの意見は分かれます。

妻は妊活休業に入る前に、自分で子宮筋腫のことを調べて、１人ではなく何人かのお医者さんの意見を聞き、最終的にとある手術法を知るわけです。

子宮筋腫のメジャーな手術方法としては、お腹を切開して、子宮の筋腫を切り取る手術です。これだとお腹に大きな傷が残ります。

次によく聞くのが腹腔鏡《ふくくうきょう》手術。お腹の2～4か所に小さな切開をして、内視鏡を入れて、腹腔内を観察して、専用の器具を使って手術していく。これ、傷口も小さくてすむし、体への負担も少ない。この方法で手術した人の話はよく聞きます。

妻はとあるお医者さんに行き、その先生に自分の子宮筋腫を見てもらい、場所が子宮頸《けい》部《ぶ》であることを見て、「妊娠して出産する過程で、この筋腫は絶対、邪魔になる」と言い切られたらしいのです。

病気した時に大事なのって、自分と相性のいい先生が見つかるかどうかかって気がするんですよね。どれだけ技術があっても、人と人なんで、人間の相性が合わないと信じるにも信じきれないというかね。妻はこの先生を信じようと思ったらしいのです。

そして先生が提案した子宮筋腫の手術法は、開腹手術でもなく、腹腔鏡手術でもないもの。

その名も「子宮《しきゅう》動脈《どうみゃく》塞栓術《そくせんじゅつ》」。

初めて聞く方もいるかもしれません。この手術法、フランスで１９９０年ごろから行われている手術。日本では97年頃より始められて、これまでに世界では25万人以上。日本では推定４０００人以上が受けている手術と言われています。ＵＡＥと言われている手術。

これ、お腹や子宮に一切メスは入れない手術なんです。子宮にはとても優しい手術で、まだ出産経験がなく、これからどうしても赤ちゃんが欲しいと望む妻に、先生はこの方法を提案した。お腹や子宮にメスを入れずに子宮筋腫を手術するってどういうことかと思うでしょ？　僕もその方法を聞いて驚きました。

まず、足の付け根にある動脈を数ミリ切開して、細い管（カテーテル）を動脈に入れていくわけです。で、その管が動脈を辿って、子宮に近づいていくわけですよ。するとね、子宮近辺に細い管がたどり着く。で、そこから何をするか？　栓をするのです。どういうことか？

子宮筋腫が大きくなるってことは、その筋腫自体が日々栄養を取っていくから大きくなっていくのです。このＵＡＥという手術は、子宮筋腫に栄養を与えず、兵糧攻めにしてやろうというもの。細い管は子宮近くの動脈に進んだら、子宮筋腫に栄養を与えている動脈にゼラチンスポンジ（自然に溶けていくらしい）を注入して、栓をしてしまうのです。すると、この動脈から子宮筋腫に栄養がいかなくなってしまうという仕組み。じゃあ、この栄養がいかなくなった子宮筋腫はどうなるのか？　なんと、じょじょに細胞が壊死して小さくなっていくというのです。

妻は1年たったら3分の1になると言われたそうです。しかもお腹にも子宮にもメスを入れてないので体への負担は少なく、翌日歩ける。

最高の手術じゃないか！　と思いますが、まず保険適用ではないので、自費診療。施設によって異なりますが、40万円ほどかかります。そして、日本にこの手術法が来てから、20年と経ってなく、さきほど「4000人以上が受けている」と書きましたが、医療の歴史からしたら「たった4000人」なので、この手術方法を推奨してない先生もいる。現時点では、賛否両論ある手術法だそうです。

妻は先生と何度も話を重ねて、決めたのです。この子宮動脈塞栓術、ＵＡＥで子宮筋腫をやっつけてやると決めたのです。

そして。妊活休業に入ってから、3日後。手術の日が来ました。

当日、僕は仕事でタイに行っていました。凄く心配でしたが、妻のお母さんが立ち会ってくれることになりました。手術といっても15分ほどで終わると言われていました。その病院には入院施設はなく、近くのホテルを取り、そこに1泊だけ宿泊。

昼12時ごろ、妻は病院に入る前に、タイにいる僕に電話してきました。「今から行ってきまーす。すぐ終わるから大丈夫だよ」と言われました。手術して、処置して、夕方過ぎには戻ってくるだろうと、お母さんとは話していました。戻ってきたらお母さんが僕に電話をくれる手はず。

タイで仕事をしてた僕は、仕事をしながらお母さんからの電話を待っていたのですが、夕方過ぎても電話が来ない。日本時間夜8時になってもかかってこないので、さすがにお母さんに電話してしまいました。お母さんの所には、点滴と術後の処置で時間がかかってると連絡があったそうです。が、夜9時を過ぎても10時を過ぎても妻はホテルに帰って来ないので、タイで食事してても気が気じゃなく。手術が失敗して大変な惨事になってるんじゃないかとネガティブ妄想が広がります。

夜10時30分頃、妻がホテルに帰って来たとお母さんから連絡がありました。妻が電話に出ると麻酔が切れてなく、何を言ってるかわからない。だけど、とりあえず手術は成功し、無事生還。

翌日、妻と母が先生に詳しく手術の様子を聞きにいったらしいです。ちなみに余談ですが、妻と母は顔も体型もそっくり。お母さんも御飯をよく食べる。見ていて気持ちいい。そんな二人が親子そろって話を聞くと、思っていたより手術は大変だったそうです。

この手術は足の付け根の動脈を数ミリ切開して、そこから管を入れていくわけです。その管を子宮近くの、血管までたどり着かせて、その動脈に栓をすることによって、子宮筋腫に栄養がいかなくなり、筋腫は小さくなっていく。しかも切るわけでもないので、同じ場所の再発はない。

だけどね、動脈に管入れてと、一言で言いますが、めちゃくちゃ難しいと思うんですよ。先生は今まで１３００人近くの人にこの手術をしてきたらしいのですが、はっきり言われたらしいです。「今までで一番難しかった」と。妻と母は「なぜ、そんなに難しかったんですか？」と聞くと、先生は言ったそうです。「肥満が原因です」

その一言を言われた時に、妻よりもお母さんが恥ずかしくなったそうです。

なぜ、肥満であることで難しいのか？　肥満だと動脈とかも圧迫されていて、管がなかなか入っていかないらしい。確かにそうですよね。太ったお肉と脂肪で、血管、ギューギューですもんね。だから15分で終わる手術が1時間もかかった。

手術中の麻酔は部分麻酔だそうです。だけど、太ってる人って、麻酔の量も増えるんですよ。部分麻酔とはいえ、意識は朦朧《もうろう》として、妻は手術中のことは覚えてないらしいです。ただ、太っているせいか、痛かったらしく、先生曰く、手術中に「お願いだから一回立たせてください。お願いします。一回立たせて」としつこく言ってきたらしい。動脈に管を入れてるんだから立っていいわけがなく、先生と看護師さんがなだめるのがかなり大変だったとか。やっぱり、それ聞いて思います。太ってて得することってないね。

手術の翌日、足の付け根を数ミリとはいえ切開してるのと、子宮の近くの動脈に血が通わないようにしてるので、足の痛みと子宮の違和感で軽いズキズキ感はあったらしいです。手術の3日後、僕は家に帰って来てたのですが、寝てたら妻がお腹にかなりの痛みを覚えて、尋常じゃない脂汗だったので、朝起きて病院に直行しました。どうやら痛み止めが強くて、それが胃に痛みを起こしたのではないかと言われました。あらためて、手術をする、体の中をいじるってすごいことなんだなと。

手術してから1週間ほどは、妻はあまり動けませんでした。ゆっくりすることを心がけていた。その姿を見て、妊活休業を取っていなかったら、仕事のこととか気になってたと思います。妊活休業というのは、子供を作る前に、体のメンテナンスのためにも必要なんだと痛感したわけです。

手術から1か月経ち、妻は検診に行きました。その結果、なんと1か月で、子宮筋腫は

69％のサイズにまで縮小したそうです。すごいね。
これで妻の最初の体のメンテナンス終了。

今までできなかったこと、やりたかったこと。

妻は妊活休業に入り、毎朝僕の朝ご飯を作ってます。そして、体のメンテナンス。そして、すごく有意義に時間を使っています。今までやりたかったけど出来なかったことを沢山してます。実家の両親と旅行に行ったり、学生時代の友達とこれまた旅に行ったり。

よくよく考えると、妻は高校卒業してすぐに芸人になっていて、そして22歳で僕と結婚して。普通の女性が20代でやることを全部すっ飛ばしてるんですよね。だから、なんか今、それを取り返してる気もして、見ててほほえましくもあり。

友達も増えてるようです。強烈人見知りな妻ですが、周りの人達が手を差し伸べてくれて外に出るようになりまして、その楽しさを感じたりしてます。

そんな妻が一番心を許している友達が1人います。女芸人・たんぽぽの川村エミコさんです。『イッテQ!』の壮絶なロケを共にし、最終的には妻が一旦卒業する時に2代目親方を襲名した川村さん。川村さんってテレビのとおりの人で、マジメでズルさもなく、まっすぐな人。

芸歴は妻より下だけど、実は同じ年だったりして、そこがまたいいのかもしれない。妻は自分から人を誘うことがあまりないと思うのですが、川村さんは自分から誘います。

妊活休業に入る直前、車を購入しました。病院に行ったり、行動範囲が広がるので、車を買ったほうがいいだろうと考えたのです。ですが、15年近くペーパードライバーの妻。ペーパードライバー講習を受けたりしたものの、まだまだ不安。特に高速道路と駐車。ちょっとずつ乗り始めたけど、僕のことはなかなか乗せてくれなかったんです。「危ない」と。もしものことがあったら、と思ったのでしょう。ですが、自ら危険を感じる車に、妻は川村さんを乗せました。川村さんには申し訳ないけど、妻の中では実験台だったのでしょう。夫は乗せられないけど、川村さんなら大丈夫と。川村さん曰く「最初に乗った時は物凄く怖かった」とのこと。

が、そんな川村さんの実験台のおかげあって、今では僕も安心して乗れるほどの腕を身につけてくれました。

川村さんは人がいいを通り越して、人が良すぎるんです。先日も妻と二人で食事。ちなみにそこは中目黒の和食屋さん。道路に向かったカウンター席で妻が川村さんとおいしそうに和食を食べてるところを僕の友人が見て、メールくれました。「オタクの奥さんが、外の目も気にせず、おにぎりを大きな口を開けてほおばってる姿を見て幸せになれました」と。

その食事の帰り、川村さんのかぶっている帽子を見た妻が「川村さん、その帽子いいねー。私のと交換しない？」と言ったのです。川村さんも「いいですよー」と言って交換。家に帰って来た妻の帽子はとてもかわいい。「川村さんと交換したんだ」と凄く嬉しそう。

それから数日後、僕がパーソナリティーをしているラジオに川村さんがたんぽぽとして来ました。放送中、川村さんに「実は妻に言いたいけど言えてないこと、ありませんか？」と聞いたら、川村さん、非常に言いにくそうに喋り始めました。

「非常に言いにくいのですが、先日、大島さんとご飯食べに行って、帰りに、大島さんが私の帽子を見て、気にいって、交換しようと言って交換したのですが、実は、あの帽子……。買ったばかりの帽子なんです」

妻の帽子は買って何年もした帽子。川村さんの帽子は買ったばかりの新品。野球界でいえば、いきのいい新人と年季の入ったおじさん選手。トレード成立しませんよ。妻のやった行為はジャイアンです。完全にジャイアン行為。だけど、その2日後に、また妻は川村さんと食事に行ってました。

なんかね、妊活休業に入ってから妻の性格も前とちょっと変わってきたというか。丸くなったというか。ガリガリしてる部分が取れたというか。なんか、芸人として生きてる時って常にガリガリなガリガリガリ君だったんだけど、妻を丸くしてくれているみなさんに本当感謝です。

ちなみにですが、妊活休業に入った初日からウォーキングをすると宣言した妻。翌朝7時に起きて、川村さんの家に寄って川村さんを起こしてあげると約束したらしい。が、朝、9時になってもベッドで寝ている妻。そこに川村さんからメール。そのメールには書かれていた。「大島さん、道に迷われていますか？」。どれだけ人がいいんだ。川村さん。

あれから2か月経ちますが、まだウォーキングに出かけたことはない。

そういうところは変わってないいんだよな……。

妊活している妻の夫として、「変えなきゃ」。

先日、妻と久々に僕の実家に帰りました。妻が芸人活動をしている時は、タイミングが合わずに、僕の実家に帰ることが出来なかったので、夫婦そろっては久々でした。

妻が妊活休業に入ってから車の運転をするようになったので、妻の運転で千葉県・南房総市の僕の実家まで約2時間かけて行きました。

妻が妊活休業に入ってからは、毎朝妻が作った朝ごはんを一緒に食べる時がいろいろとお互いのことを報告したり、話す時間。前よりは話す時間がぐっと増えたとはいっても、1日1時間とはいきません。妻の運転中、とにかく色んな話をしました。

飯の話、人の文句、飯の話、人の文句、飯の話。2時間、こうやって無駄話することって意外となかったなと思いました。電車や飛行機で旅に行くと、大体寝ちゃったり本読んだりして、意外と無駄話しないんですよね。だけど、妻が運転していたら話をするじゃないですか。

なんか、2時間夫婦でたわいもない話をすることって、実はちゃんとやってる夫婦いないんじゃないかなと思ったり。たわいもない会話から今の妻が見えたり。無駄話って、実は「夢太話（むだばなし）」と書いて、夢を太くする話じゃないのか？　と勝手にいい言葉にしようとしたり。

で、実家に着いて、僕の両親に挨拶して、お墓参り行って。妊活休業に入ってからの妻は、母親になるという目線で日々生きています。そして、妻として僕の面倒を見るという目線でも生きています。芸人時代はそういう目線ではなかった。目線が変わると実家に帰って来ても違います。お墓参りしても、手を合わせて先祖に報告していることも違うだろうし。

なにより、妻は魚が嫌いで生魚とか食べられない。家であまり魚を焼いたりしたこともなかったけど、僕の朝ごはんを作るようになってからは、ほぼ毎日、何かの魚を焼いて出してくれます。だから、実家の近くのお魚の市場とか連れて行っても、前は興味ゼロだったけど、今は旦那に食べさせるものとして見る。こんなにも変わるんだと驚いて。

そして、夕方、再び妻の運転で車に乗って東京に帰る。と思いきや、アクアラインが大渋滞。気付くと僕は20分ほどの眠りについていた。起きると、僕の眠りに誘われたのか、妻もあくび。これはまずいぞと、休憩するために海ほたるにＩＮ。妻はロケで何度も行ったことがある海ほたる。僕も何度も行ったことはあるけど、妻と一緒に行ったのは初めて。何度も行った場所でも、妻と一緒に行くだけで、また僕の目線まで変わる。

ちょっと休憩するつもりが、目についたクレープに二人で「食べたーーーい」と叫び、1個のクレープを買い、二人で豚のように食べ合い、続いて、あさり焼きというタコやきのような食べ物を買って、二人で山賊のように奪い合い食べる。

腹を満たした後に、目に入ってきたのがプリクラ。しかも『アナと雪の女王』プリクラですよ。僕は妻と結婚するまでプライベートでプリクラやったことなかった。だけど、妻に初めてちゃんと教わって、プリクラのおもしろさに気付いた。だけど、ここ5年ほどは一緒にプリクラやってなく。だから久々に妻とやろうということに。

あのプリクラののれんのようなものを二人でくぐるのって、なんか、ラブホテルに入るような感じで、ちょっと照れるななんて、前には感じないことを感じたりして。

アナとエルサと一緒にうちのエルサこと美幸と僕でプリクラ。目や顔のラインはどれだけ修正したところで変わらないので、ノー修正で、僕がペンを持ち書きましたよ、「ありのままで」と。

出てきたプリクラ見て大満足。これで600円は高いだろうと思いつつも、1つ気付いたことが。なんか妻の顔というか雰囲気が違う。女性っぽいといったら女性なので変なんだけどね。プリクラを通してそれに気付いたというか。

それから数日後。妻は雑誌でエッセイを書いているのですが、そこに書いてあった文章を見て、なぜプリクラを見て、変化を感じたか分かりました。

妻は、ある本で、「赤ちゃんは空にいて、子供が空から親を選んで降りていく」というような素敵な文章を読んだらしく、だから見た目を女性らしくしようと思い、髪の毛を伸ばして、洋服も女性に見える服にしているのだとか。

そして、毎朝、空に向かって窓を開けて、前髪をあげて「お母さんはここだよー」と言っているらしい。降りてきてもらうために。

そんなことまったく知らなかった。妊活休業に入り、今までは全て芸人目線で生きてきた妻が、今は母親になる準備をしながら、女性としての目線で生きている。

よく、「変わる」と言うけど、「変わる」ためには「変える」ことが必要で、「変える」ためには色んな努力が必要なんですね。努力して変えようとするから、変わる、変われる。

そんな妻を見ていて、改めて、自分ももっと妊活している妻の夫として「変えなきゃ」と思ったりして。

変えよう。変わろう。

結婚記念日の高級中華で、愛を再確認。

結婚13年目に入りました。丸12年経つということは、小中高校と一緒にいたということです。大学生です。でも、あっという間。

結婚13年目記念として、夫婦で中華を食べに行きました。六本木の名店です。結婚記念日だから贅沢です。お店につき、着席。もう妻の目が中華になってます。メニューを開くと、まず最初に言います。「あー、全部食いてえ」と。僕は結構せっかちな方なので、どんどん決めていくと、妻は「そんなに急ぐんじゃないよ」と注意。通常、メニューというのは選ぶものですが、おそらく妻はメニューを見て一品ずつ妄想で食べているのでしょう。だからゆっくり。食いしん坊です。

中華といえば、結婚してまだ5年目くらいだったでしょうか？　一緒に食べに行ったときに、お店が自信満々で出してきた「あわび」を妻は口に入れた途端「うめーー！　イカみてーーー」と言って店員を仰天させました。世間的に明らかにイカよりアワビの方が高級なのですが、妻はアワビよりカジュアルなものに例えてしまいました。そのあとに出てきた、店自慢の「豚の角煮」を食べた時にも「うめーーー！　ビーフジャーキーみてーー」と発言して、店員さん、二度目の仰天。まあ、ビーフ、牛肉だからいいかもだけど、でもね、ジャーキーついちゃってるからね。酒のつまみ。

さすがに妻も大人になったので、そんなやんちゃさはありません。メニューを見て妻は妄想食事を終えたのかオーダー開始。妻が何よりうまそうだと頼んだのが、フカヒレ入りのスープです。このスープ、シェアするタイプではなく、1個ずつ頼みました。

待つこと10分。頼んだものが続々登場。妻は「うまい、うまい」と言って食べます。僕ね、妻のすごく好きなところは、食べた後に、うまいと「うめーー」って表現するところ。一緒に食べてる人が「うめー」と言ってくれると自分もどんどんうまくなる。うまさアップ。食べてて感想言わない人、いるじゃないですか。うまいって口にすると、どんどんうまくなるんですよね。

妻のすごいところは、食べてる途中にメニューを開く。僕が「食べ終わってから見なさい」と注意すると、妻は言います。「うまいものは食べれば食べるほど腹が減るんだよな」と。

名言です。食べているのにどんどん腹が減るらしいです。食べているのに腹が減るからメニューを見て、別のものまで妄想で食べるんでしょうね。こんな人います？　僕のまわりでは妻だけですよ。

でね、来たんです。フカヒレのスープが。いや確かに味の濃厚さとフカヒレの食感がかなりうまかったです。妻もペロリと食べました。

結婚記念日だということで、カロリー気にせず食べまくり。腹いっぱいになったーと思ったら妻がまたメニューを開く。さすがに「いっぱい食べたんだから、もうダメ」と言うと、妻は「結婚記念日だからいいじゃねえかよ」と、クリスマスにプレゼントをほしがる少年のような目をします。妻は「フカヒレのスープ、もう一回頼んでいいかな？」。アンコールです。

さすがです。僕はお腹いっぱいだったので、妻だけ頼むことに。が、そこで妻が僕に、あるお願いをしてきました。「あのー、恥ずかしいので、私が頼んだってことじゃない風にしてもらえますか？」と小声で言ってきたのです。そうです。食い意地張ってると思われたくないみたいなんです。でもね、そこまで散々食ってるしね、妻の体型見たらわかるじゃないですか。食い意地張ってるの。でも、恥ずかしいんです。だから頼みました。店員さんに「すいません。さっきのスープおいしかったので、一人前、僕にお願いします」と。僕が食べますよとアピール満点でしょ？　不自然すぎるくらい僕のだよ！　ってアピールすごいでしょ。

そして、待っていると店員さんが持ってきました。フカヒレスープ。でね、僕のところにスープを置くと、妻は僕に言ったんです。「ちょっとー。2杯も食べすぎじゃないのーー？」

えーーーーーーーーー！？？　なんて裏切り行為。自分が食べる癖に、なんたる発言。店員さんが去ったのを見ると、妻は僕の前のスープをさっと取って、腹を空かした野武士のように食べ始めました。

店員さんは、去ったとはいえ、近くにいます。スープを妻が食べているのを、見て見ぬフリしてくれた。大人ですね。

そう言えば。何年か前にも一緒に寿司屋に行って、妻が大好きなウニを何回も頼むのが恥ずかしいからと言って、僕に頼ませて、それを3回くらい繰り返してたら、店員さんが、僕が頼んだのに、ウニを妻の前に置き始める……なんてことあったたな。

変わってねえなー。やってること。結婚13年目。こうやって笑ってバカバカしくご飯を食べられてることが一番の幸せ。おじいちゃんとおばあちゃんになっても、こういうこと出来てますように。

まずはタイミング法。期待と不安の間を実感。

妻が妊活休業を2014年5月から始めて、最初に子宮筋腫の手術と治療を行い、それから3か月ほど経ち、子供を授かるための体作りが出来ました。そして、ここから、妊活、いよいよ本格的に突入します。

最初に精子の検査に行った時に言われました。「まずはタイミング法でもいいかもしれないけど、あまりこだわらずに、早めに次のステップに入ることをお勧めします」と。

簡単に言うと、タイミング法というのは、女性が基礎体温を測ったりして排卵日を知り、そして、お医者さんに行き、卵子が受精するタイミングとして一番いい日かどうかをジャッジしてもらい、夫婦でセックスする「タイミング」をお医者さんの力を借りて決めて行くってやつです。奥さんにセックスを切りだせない旦那さんが、お医者さんに協力して貰って「今日、セックスしようか？」というタイミングを作るものではありません。

僕はその時の精子検査で「やや奇形」という事実と、運動率があまりよくないという結果が出ていたので、お医者さんがそのアドバイスをしたんだと思います。

子供を作るなら、お医者さんの力をなるべく借りずに作りたいという思いは当たり前のことだと思います。だから、人工授精や体外受精に進む前になるべくタイミング法、夫婦によるセックスで子供を作りたいとこだわる人が多いのも分かります。もちろん、その後のステップに入るのにはお金もかかる。だけど、それと同時に、やはり人工授精や体外受精で子供を授かった人は、そのことをあまり人に言わない人が多い。「夫婦によるセックスではない形」で子供を授かったということに罪悪感を感じるのでしょうか？

僕ら夫婦は、その先生のアドバイスを受けて、2回だけタイミング法でいこうと決めました。2回ダメだったら次のステップに進むと。

このタイミング法、色んな形があるんです。妻の場合を例に取って説明しましょう。まず、妻は毎朝基礎体温を測り、お医者さんと話して、次の排卵日が来る日を計算。

生理が来たら、生理から5日目に「クロミッド」というお薬を飲みます。このクロミッドというのは、排卵誘発剤というやつですね。排卵のない人に対して排卵をさせたり、排卵を促し、妊娠率を上げると言われています。排卵する率だけで言うと、60〜80％上がると言う人もいます。妻も、クロミッドを飲み始めました。

人によって飲む量も変わってくるらしいです。

生理が終わり、そこから排卵日が近づいてくるわけですね。排卵後の卵子の寿命は約24時間程度と言われています。精子はおよそ3日は受精能力があると言われています。なので排卵1~2日前から排卵後1~2日が妊娠しやすい時期。タイミング法は、お医者さんのアドバイスを聞き、より「ストライク」しそうな日を決めていくのです。排卵日が一定しない人もいるしね。

妻は、排卵日が来そうな日、3日間くらいを指定されて「この3日間のうちに来てくださいね」と言われ、早めに行ってたらしいです。遅めに行って、「もう来てます」と言われて焦るのが嫌だったそうです。

お医者さんに行き、検査。卵子の「卵胞」が十分な大きさになってると判断したら、ここで妻はhCGという注射を打って貰います。この注射、卵胞ホルモンなどの分泌を促す作用があり、hCGが投与されてから24~36時間後に排卵が起きると言われている、その注射をしてから、その時間内にセックスをするわけです。ドキドキでしょ? セックスの24(トゥエンティーフォー)みたいですよ。「ここだ!」と言われて、時間内にしないと卵子の寿命が切れてしまう。一番いい時間を逃してしまう。

ちなみにクロミッドやhCGに対して副作用を唱える病院もあります。妻が通っていた病院は、妻には「大丈夫」と言っていたようです。

で、ここからが大事。この時期の旦那さんの一番の仕事。僕は次の排卵日となりそうな日を聞き、その近辺に飲み会や食事会を入れず、なるべく早く家に帰る状態を作る。ただ、この時に「セックスしなきゃいけない」「子作りしなきゃいけない」と思うと変なプレッシャーになる。セックスですよ！　中学・高校時代、憧れたセックスです。そして何より、愛しい人との愛情交換です。だから、スケジュール帳に「セックス」とか「子作り」と書くのではなく、僕は「ラブ♡」と書くようにしていました。そうです。だから、この「妊活ダイアリー」では妊活の為のセックスを、セックスでもSEXでも性行為でもなく、LOVEと呼ばせていただきます！

最初のタイミング法でラブ（セックスです）して、生理が来る日まで約2週間くらい。もうその近くになるとそわそわするわけですよ。妻に「胸張ってる？」とか「生理来そうかな？」と何度も聞いてしまったり。男性なんかよりも女性の方が気にしてるわけだから聞いちゃいけないのかなと思ったり。

妻は今まで生理がちゃんと来る方だったから、1日遅れたりしたら「よし」とか思って、2日遅れただけで「もしかして」とか思う。妻はこれまで妊娠の経験が2回あるので、僕よりも冷静。ちょっとウキウキする僕を制止するように。（今、「制止」と打とうとしたら「精子」と出て来た。さすが妊活中のワープロです）

そして3日目とかに妻から「生理きました」とのメール。このメールに落ち込むのではなく、「また来月もラブ♡　出来る」とポジティブエロシンキングするようにする。

翌月、2回目のタイミング法を試してみましたが、やはり生理が来る。残念感がないかといったら嘘になる。だけど、僕ら夫婦なんて妊活に入り、実際に行動に移してからこの時点では2か月しか経ってない。この僕らの残念感ってたいしたことはないだろう。このまま子供を授かることがなければ、この残念感は、日に日に大きくなっていくし、年を重ねると焦りも大きくなるはずで、僕らの感じた残念感の10倍、いや100倍以上のものを毎月感じている人もいるだろう。

妊活している奥さんは毎日基礎体温を付けている。うちの妻も付けている。男性は病気にでもならない限り体温はあまり変わらないけど、女性はそうじゃないんだってことを知って驚く。正直、基礎体温とか測って、あれ、どんな意味があるんだろうと思っていたけど、女性の体は排卵期が近づくと体温が高い時期に突入し、生理が始まる頃からグッと0・5度ほど下がって、低い周期に入る。

ちなみに、噂で聞いた雑学ですが、「おふくろの味」という言葉があります。毎日食べている「おふくろの味」はなぜ飽きないか？　女性は体温が変わっていくとともに、味覚も月のサイクルで変わっていくので、例えば、ずっと作っている味噌汁でも1か月の中で微妙に味が変わっているというのだ。ずっと同じだと思っている「おふくろの味」が1か月の中で微妙に味が変わっている。だから「おふくろの味」、つまり母や奥さんが作っている料理に男性は飽きないのだと。すげーな！　女性の体はやっぱりすげーー！

で、そうやって体温が変わっていくから、妊活している人達は、毎日、体温測って、排卵期の後の体温が高い時期から期待を寄せる。妊娠した場合は、そのまま体温が下がらず、高い状態になるので、生理の時期になり、「体温よ、下がらないでくれ」とワクワク。だけど、妻と僕もそうだったけど、体温計を見て「下がっちゃった」と言うと、それはもう生理が来るという予告。つまり、妊娠はしなかったということ。

基礎体温のグラフを付けてると、生理が来ると、下りのエスカレーターを下がるようなグラフになる。だからね、これもまた、妊活している人は、毎月、毎月、期待という上りのエスカレーターから、一気に残念エスカレーターに乗り換えさせられるんですよね。

妊活の期間が長ければ長いほど、その下りのエスカレーターの勾配はキツくなっていくんだと思う。

妻が妊活休業を発表した時には、僕のツイッターやブログなどに賛成の意見だけではなく、厳しい意見も届いた。それは「そうやって世の中に大きな声で言っちゃって、子供が出来なかったらどうするの？」と。もちろん妻と話した。その時に妻と「子供が出来なかった時、諦めなきゃいけなかった時は、そのことも発表して、そういう人生の歩み方も見せていこう」という話になった。

とはいえ、妊活に入ってから、タイミング法を2回やっただけで、期待するし、残念にもなる。だからこそ、夫である僕が「もし子供が出来なかったら」という選択肢は常に考えていかなければいけないわけで、生理が1日遅れただけでそわそわしちゃう僕はどうなんだろう？　と反省したり。基礎体温の下がるグラフを見て、ガッカリする気持ちを出してしまったり。僕よりも残念なのは明らかに妻であって、そういう時に妻に対して、どういう言葉をかけてあげるかを考えるのが夫なんじゃないかと考えたり。常に旦那さんがちょっと客観的な立場でいないと、僕らみたいに子供を授かりたいと思っている夫婦が、子供を授からない生活になると決める時に、毎日ネガティブに生きて行かなきゃいけなくなる気がする。だから旦那さんの「距離感」って大切だなとあらためて考える。

そして僕らは、タイミング法を2回行い、次のステップ人工授精に進むことになる。

人工授精と体外受精、いまは全然普通のこと。

2014年、5月に妻が妊活休業で妊活を始めて4か月後の9月。いよいよ人工授精というステップに入ることになりました。

この年の2月、僕が初めて精子検査をしたときに、僕の精子の運動量があまりよくなかったりしたのもあって、そこの先生からはあまり粘らずに、人工授精、そして体外受精の段階に進むことを提案されていました。

なので、2回、タイミング法で授からなかったら、次に進もうと妻と決めていました。そして進む時が来ました。

僕の周りには人工授精や体外受精で子供を授かった人がたくさんいます。だけどね、不思議なものでね、女性のほうが堂々と言う人多いんだけど、男性の場合は声を小さめにして言う人が多い。すごい秘密を打ち明けるかのように話す人まで多い。妊活してる人がこれだけいて、今や年間で3万人近くの人が体外授精で子供を授かっているというのに、男性があそこまで隠したがるのはなぜなのだろうか？　妻のことを思ってという人も多いのだろうけど、決してそれだけではない気がして。人工授精や体外受精に、ちょっとした罪悪感を感じているのだろうか？

僕は妻が妊活休業をすると堂々と宣言した以上、僕のこの文章を通して、妊活をしている女性はもちろんのこと、男性に向けて妊活というものをもっと理解してもらおうと思ってます。だから妊活中の女性だったら知ってる知識も含めて、人工授精について書いていこうと思っています。

まず、人工授精と体外受精って何が違うの？　ってところから。男性は意外とこういうことすら知らないんですよね。

人工授精とは、旦那さんから採取した精液（採取といいましたが、オナニーして出すわけですね）をチューブのようなものを女性器に入れて、精液を子宮内に直接注入することで、精子と卵子が出会う確率を高めるというもの。

人工授精はタイミング法をやってもうまくいかない人や、男性の精子量に問題がある場合、もしくは、女性の子宮内への精子の通過が困難な場合などがあるらしく、そういう時に行われる方法。費用が比較的安かったり、毎周期ごとに行えたりします。

ちなみに、値段としては、僕らが通っている病院では人工授精、1回1万5千円ほど。

病院によって違って、もうちょっと安かったり、3回セットで9万円とかの病院もあるみたい。

人工授精で授からず、次のステップとなるのが、体外受精。これは卵子を体外に取り出し（採卵というやつですね）、旦那さんの精子とシャーレの中で合わせて自然受精させて、数日培養した胚を子宮に戻す。

男性は体外受精したらみんな受精して子供できるだろとか、そのくらいの知識の人も多い。

前の僕だってそうだった。

シャーレの上で卵子に精子をかけたからといって、全部が受精するわけじゃなく。受精して、それが分割して、胚になって、初めてそれを子宮に戻せるんです。途中の段階で残念になってしまう場合もあるし、それに胚になったものを子宮に戻して、「着床」するのがまた難しい。子宮に戻しても着床しない人も多いわけで。

精神的にも肉体的にも疲労していく。金額的にも体外受精となるとかなりかかってきますよね。

僕ら夫婦が行ってる病院では、採卵（初回）は14万7千円。

次に、採卵した精子を調整して媒精という受精させるための手順を行い、受精を確認（通常1日間）の費用が6万3千円。

そこまでいったら、次は培養です。これは受精を確認してから分割を確認するまで（通常1日間）。これで2万1千円。

そしてそこまでいったら、次はいよいよ胚移植。子宮に戻す作業です。これが7万3千500円。

1回の体外受精で、30万4千500円（税込）かかるわけです。1回ですよ！

ちなみに僕の女性の友達（42歳）は新宿のとある病院で体外受精を行い、採卵日に22万1466円と採卵消耗品といわれる費用4万円。移植日に10万368円。やはり30万円は超えていきます。

高い！　というイメージはあります。男性は、体外受精に入り、初めてこの金額的現実に直面する人も多い。

ちなみにですが、助成金制度もあり、住んでるところによって金額も違いますが、先ほどの女性が住んでいる都内のとある区では、その人の収入によって変わってくるし、女性の年齢でも助成回数は変わるみたいですが、治療ステージにAとBがあり、その女性の場合は、Aだと20万円、Bだと25万円も出るらしく、採卵出来なかったとか、着床しなかった場合も7万5千～15万円くらい出ることになっていたとか。

２０１３年、三重県の知事と対談した時に、三重県などは不妊治療などに対してかなり熱く応援してるみたいです。

だから最初から高いと諦めず、住んでるところの助成金制度とかも調べることも大事。ただね、こういう時に旦那さんが積極的に調べてあげることが大事なんですよね。女性だけが調べて旦那さんはお金を出すだけじゃなく。こういうのを調べているだけでも、女性のストレスや疲労は大きくなっていきますから。

余談……と言ったら怒られますが、人工授精と体外受精。「授精」と「受精」と、字が違うことに気づかない人って意外と多い。これはなぜか？

人工授精は人為的に精液を子宮に直接注入する方法ですが、英語でArtificial Inseminationといって、Inseminationには種子を植えるという意味。つまり精子を中にいれるという事。

体外受精は卵子と精子をシャーレの中で合わせて受精させる方法ですが、英語でIn Vitro Fertilisationといい、Fertilisationは精子と卵子が結合して受精が起こるという意味です。

授（さず）けると受（う）けるの違いということなんですね。

話は戻りますが、体外受精のもう1個上のステップとして、顕微授精があります。これ、初めて話を聞いたときに単純に医学ってすげーなと思った方法。広い意味では体外受精みたいですが、精子を1個だけ吸引し、針で卵子の細胞質内に直接精子を注入する方法。成功率もグッと上がりますよね。

僕が最初に精子の検査をしたときに「やや奇形」だったと書きましたが、「奇形」と診断されたら、顕微授精がいいとその病院では言われました。

が、技術が上がるわけですから、値段も体外受精よりさらに上がるのも事実。


さあ、基礎知識をざっと書いたところで、僕ら夫婦の人工授精。

2014年9月19日でした。僕は朝9時に起きました。病院に行けなかったので、一人でオナニーして、それを妻にもっていって貰うことにしました。透明の容器に入れてもっていって貰うのですが、この時に、奥さんが腋の下に挟んで冷たくならないようにもっていかないといけないとか、そんな噂も聞きましたが、妻が通っていた病院では、「そんなことはない」と言われたらしく、僕がオナニーして「採取」してから2時間後くらいには病院に持っていったと思います。

持っていった精子を、すぐにチューブで子宮に注入！　というわけではなく、その前に病院側の作業。僕のその日の精子の運動率は43％で高くはありませんでした。まあまあ低いほうになるんでしょう。僕は何度か検査も兼ねて見てもらいましたが、やはり運動率が低いみたい。

妻が通った病院の人工授精の方法は、洗浄濃縮法と言って、精液と培養液を混ぜて、遠心分離機に2回かけて、精子を培養液で洗い精液の粘りを落とします。粘りが取れることによって、僕の精子の運動率は43%からなんと75%にアップしたんです。僕のようにアップする人もいれば変化しない人もいるそうです。

最初の病院では、精子の検査表に奇形の場合は奇形率と書いていましたが、この時に通った病院では、奇形率を特に問題があった場合以外はあまり問題にせず、体温表にも書かないみたいです。無用な心配や不安をさせたくないとのこと。こういうところも病院一か所ずつ、違うんですよね。

人工授精の洗浄濃縮法というのは、つまりは精子を洗って普通のSEXより何倍も濃くして子宮に入れるという方法。

これを行いました。2014年9月19日。鈴木夫婦にとっての初めての人工授精。洗浄濃縮法でアップされた僕の精子をチューブで妻の子宮に注入です。これはほんの数十秒で行われ、痛みもないそうです。注入後、ベッドの上で10~15分、腰を上げ気味で安静にする。これで終了です。人工授精と言うのは、たったこれだけ。

セックスだとお互いが抱き合い、挿入し、腰を振り、とあるけど、人工授精はとてつもなくあっけない。

人工授精や体外受精の罪悪感。人工授精は精子を病院で子宮に注入するので、人によってはこれを「院内セックス」と表現する人もいます。院内セックスって言葉、最初聞いたとき、なんか衝撃でした。人工授精を見事なまでに表現している。が、そこに漂うネガティブ感というか。院内セックス。そこに旦那さんは存在しているようで存在してないんです。だからなんでしょうね。人工授精などに対して、旦那さんが罪悪感を感じるのは。セックスという行為で自分が射止めてない感というか。だからなのかもしれない。

人工授精を行う日。僕が精子を一人で採取する（オナニー）の1時間ほど前。僕らはHをしました。これは妻からの提案でした。人工授精の日に、Hをしたいと。病院の人たちの力は借りるけど、そこに僕たちの気持ちは入っているのだと言いたかったのでしょう。この妻の提案はすごくいいなと思いました。「院内セックス」と言われるものに対して、そこに、夫婦のセックスは存在していて、ゴールを病院に手伝ってもらうという形。だからね、この妻の提案のせいか、僕の中では人工授精をしたということに対して罪悪感は全くありません。

妻の提案に本当に感謝しています。

ちなみにですが、病院に持っていく精子が薄まってしまうといけないので、そのHでは、僕は射精はいたしませんでした。で、あとでネットで検索したところによると、人工授精の前にセックスをしてはいけない的な記事を沢山見ました。ただ、これはそこで射精すると、やはり病院に持っていく精子の量などが減ったりしてしまうからのようなことが多く書かれている気がします。女性の体にも影響は出るのだろうか？

逆に人工授精した日に、セックスをしたという記事はネットで沢山見つかりました。人工授精プラス、そこにセックスで追加するということでしょうか。ただ、これは病院によって意見が違うみたいなので、通っている病院で聞いたほうがいいとは思いますが、個人的には、人工授精した日に夫婦でHするというのも、すごくいいと思います。

ただ、そこに対して、旦那さんがノッてあげなきゃいけません。先ほど、旦那さんの罪悪感と書きましたが、人工授精というものに対して、妻は夫以上に様々な不安を抱いているだろうし、旦那が抱く罪悪感の数倍のいろんな感情を抱くと思うんです。

だからね、人工授精の前とか後にHという表現で妻を包んであげる。お互いを包みあうことで、そこに愛の塊ができるというか、なんか、それが大事な気がするんです。

セックスだけが大事なんじゃなくて、じゃあ、その病院では人工授精のあとにセックスすることを却下されたとしたらね、その日にね、ベッドで旦那さんが奥さんを裸で抱きしめるだけでもいいと思うんです。

言葉じゃなく、体で伝え合うというか。体で包んであげるというか。

人工授精や体外受精への罪悪感。まず旦那さんが、それを自分なりの愛情で包んであげることが大事で、それがあれば、絶対に罪悪感は消えていくんじゃないかと思うんですよね。

人工授精をやってみて、改めて思う。妊活とは妻だけのことじゃない。夫婦二人で行うことが妊活である。心のケアまで含めてね。

鍼灸師ブンブン先生、「100%妊娠している!」

妻が妊活に入り5か月。妊娠する前、2014年9月に、おもしろい出会いがあったんです。とある飲み会で知り合った女の子Yちゃんのお母さんが中国人で、鍼《はり》の先生をしていて、難病の方を中心に治療していると聞いたのです。

鍼治療。僕はある時までいっさい信用しませんでした。東洋治療というもの自体いかがわしいもの。占いなんかに近いものだと思っていましたが、20代で大量のダニに噛《か》まれてから、成人アトピーにかかり、苦しみ、20代中盤で知り合った人に漢方をススメられ、漢方の病院に通い始めると、ゆっくりですが、アトピーが治り始めました。それが東洋治療を自分の中で許し始めたきっかけでした。

僕はかなりの肩こりでマッサージによく通っています。「肩こりに鍼はいいよ~」と言ってた人がいたので、東洋治療を信じ始めた僕は家の近所の鍼に行きました。しかし、鍼への恐怖心は強く。結果、肩こりはなにも変わらなかった。その経験は鍼への不信感になりました。

が、結婚してから30代中盤頃だったか、人生で初のギックリ腰になり、妻が自分が通っている鍼の先生を勧めてきました。「絶対行ったほうがいいよ」と。僕の中では鍼なんかで治るわけないと思っていたけど、妻があまりにも強く言うので、歩くのがやっとの体で行ってみると、なんと2時間ほどで歩けるようになったのです。驚きました。通常、2日ほど立てなくなるところをたった2時間。そのとき思いました。鍼は腕だ！　手術と同じでスーパードクターがいるように、鍼の先生もピンキリあって、すごい人はすごいのだと。

ここで話をちょっと元に戻して、中国の鍼の先生。僕の先輩のお子さんがかなり体が悪いということを聞いてたので、その知り合いの女の子Yちゃんに、お母さんを紹介してもらえないか？　とお願いしたのです。

子供の病状を説明したら、一度会おうということになり、僕と先輩、Yちゃんと、そのお母さんの鍼の先生、ブンブン先生（仮名）で会ったのです。

初めて会ったブンブン先生は小柄で痩せていますが、なんかアスリートのような体の強さがありそうで、眼力が強い。先輩はブンブン先生に事情を話し、治療をしてもらえることになりました。僕は冗談半分で「中国の鍼の先生って、脈で何でもわかっちゃうって本当ですか？」というと、ブンブン先生、僕の右手をとり、脈を診ました。そして「舌を見せて」と言って数十秒、僕の舌を見た後に言った言葉が「あなた、なんでそんなに体悪いの？」でした。細木数子の「あんた死ぬわよ」以来の衝撃の言葉を放ったまま、あまり詳しいことは言ってもらえず、「それじゃね」と、帰っちゃったんです。そんなひどいことありります？　体悪いことだけは告げて、去っていっちゃうんですから。確かに忙しいから仕方ないんだけどね。もう気になって仕方ないですよね。僕の体はどう悪いのよ！　って。だから娘のYちゃんに頼んで、「お願いだから1回だけでもいいので、僕の体を見てくれないか」と頼んだのです。

かなりタイトな時間の中、ブンブン先生に再び会うことが出来ました。先生の自宅。先生は再び僕の脈を診て、舌を見て言いました。「肝臓は奇跡的にがんばってるけど、腎臓、腎系統がかなり悪いよ」と言うのです。腎系統というのは、腎臓、膀胱、耳、骨、髪の毛、生殖器、脳髄などなどをいうらしい。僕が２０１３年にかかった恐怖の病、自家感作性皮膚炎や、体全体の不調など、すべてはそれによるもので、結構限界に来ている。そこを越えると絶対何かの大きい病気になると言うのです。ブンブン先生は、中国人です。難しい日本語は分かりません。日本の芸能人などもわかりません。うちの妻のことも知らなければ、僕のことなんかまったく知りません。放送作家と言っても頭に「？」の嵐。ブンブン先生は僕に聞きました。「あなた結婚してる？」と。僕が「はい」と答えると「あなたの奥さん流産したことあるでしょ？」と言われました。僕が驚いて「はい」と答えると、「やっぱりね。あなたの精子じゃ、そりゃそうだよ」と言ったのです。え？　どういうこと？　僕の精子にいきなり苦情？　精子にダメ出し？

詳しく聞くと、ブンブン先生曰く、腎系統がボロボロの僕の体ではいい精子が作り出せてなく、非常に生命力が弱いと。だからせっかく受精して着床しても僕の精子だともたない！　と、非常にショッキングなことを言ったのです。

ブンブン先生はショックを整理しきれていない僕に言いました。「子供が出来なかったり流産するのは、私は男性が8割責任あると思うよ」。えーーー!?　ショッキングな数字を叩きつけられるし、それ以上に、過去2回、妻のお腹で赤ちゃんが残念になってしまったのは僕のせい!?　妻にあれだけ涙を流させてしまったのも、僕のせい!?

落ち込む僕を見てブンブン先生は言いました。「私があなたの腎系統、治してあげるよ。3か月もたてば元気な精子になるから、来年になったら子供を作りなさい」と。

その日は2014年9月下旬。年内子供を作らずに治療すれば、来年、元気に子供を作ることが出来ると。うれしい言葉。

が、しかし。1つ問題があったのです。僕は先生に言いました。「こないだ1回、人工授精してるんです」と。

2014年一杯で、僕の体の治療をして元気な精子を作り出せる体にしてあげるから、年内は子供を作るな！　と言ったブンブン先生でしたが、僕らは人生で初めての人工授精を行った後だったのです。

そして。妻と初めての人工授精をしたあとの生理の時期。生理が遅れました。1週間来なかったのです。ブンブン先生に言われてました。「生理が1週間遅れたら病院じゃなく、私のところに連れてきなさい」と。

だから病院には行かずに、妻を連れていきました。ブンブン先生のところに。

ブンブン先生は体は細め。ですが、その細い体の中にすごくパワーを感じます。日本語は喋れますが、カタコト感もあるため、言葉が厳しく聞こえます。っていうか、たまにすごく厳しい言葉を浴びせるのですが。でも、その厳しさの裏に愛、あり。

先生の部屋に入り、僕は「妻です」と紹介すると、先生は妻の手をさっと取り、脈をはかりました。目を瞑《つむ》る。30秒か？　40秒か？　すごく長く感じました。ブンブン先生は時折、香港映画のカンフーものに出てくる師匠のような空気を醸し出します。先生が妻の脈を診たあとに言いました。「100％妊娠してるよ」と。そして「家帰って、検査薬やったら絶対出るよ」と。

正直、妻の中では信じていいかどうか半信半疑だったと思います。でも、先生は妻の脈を診ただけで、「あなた、最近○○の薬飲まなかった？」と1週間前に飲んでいた薬を言い当てたのです。

妊娠してると言われて、嬉しい気持ちのメーターは上がっていきましたが、そのメーターを止めるように、ブンブン先生、ショックな一言を言いました。「でも、すごく生命力が弱いよ」と。

やはり主な責任は僕の精子のせいである。先生は「とりあえず出来る限りやってみるけど、言うことは聞いてね」と厳しい目で言いました。

ブンブン先生は妻に、食べ物の制限。ニンニク、ニラ、辛いものなどの匂いの強いもの、刺激の強いものをしばらく食べないこと。そして動きの制限。肩より上に手を上げないこと。他にもいくつも日常生活の制限を受けました。

妻は妊活休業で休みを取れていたため、体に負担をかけない生活を心がけ、とにかく休む。寝る。守ることが出来ました。

しかし。10月になると妻は映画『福福荘の福ちゃん』のプロモーションのため、2週間ほど仕事をすることになったのです。そのときも、ブンブン先生は、あの動きはするな！この動きはするな！　と動きで笑いを取っていく妻の手足をもぎ取るようなことを言いました。でも、仕方ないです。

先生が妻に一番厳しく言ったのが、「あまりカメラの前にたつな！」ということ。「フラッシュの前に立たないでほしい！」と。でも無理な話です。映画の公開日で記者がいれば、当然フラッシュはたかれます。ブンブン先生が「全員フラッシュ禁止にならないのか!?」と言いますが、無茶です。カメラのフラッシュが良くないというのです。妻が、それは無理だと返すと、ブンブン先生は、「とにかく首と甲状腺を守りなさい」。首の近くを衣装で隠して、フラッシュから守れと言うのです。このブンブン先生の言うことに「何の根拠があるのだ」と言う人もいるかもしれません。だけどね、一度信じる！ と決めたら、信じるんです。

妻と出来る限りのことをやりました。

ブンブン先生のアドバイスと、鍼治療。そしてブンブン先生のように妻をアシストしてくれた色んな仲間達により、一番危険だった妊娠初期を乗り切り、無事、安定期に入れたのです。

ちなみに、ブンブン先生のすごさを一番表すもの。僕は髪にかなり白髪が出ていました。でも、ブンブン先生の治療を受けているうちに、白髪が止まり、黒髪になり始め、そして前髪の生え際のところが髪の毛が結構抜けていたのに生えてきたんです。

ブンブン先生は言います。「子供が産まれてきたら格好いいお父さんにならないといけないからね」

ブンブン先生と出会うきっかけになった、娘のYちゃんと知り合ったのはとあるパーティーでした。パーティーとか行くのが大嫌いな僕でしたが、なんかその日は行きたくなったのです。そんなことを振り返って思う。出会いに無駄なし。会わなきゃ人は繋がらない。ブンブン先生はやたらと「出会いは縁だから」と言います。僕が好きな言葉。「縁と縁がつながって円になる」。やっぱり踏み出さなきゃダメだね、一歩。

第2章

ブスの瞳に恋してる

結婚10年目から
鈴木家に起きた
様々なことと、
その思い。

妻が『24時間テレビ』のマラソン参加を決意表明！

2013年4月。舞台が終わったばかりの妻と久々に御飯に行きました。妻に「話がある」と言われていました。一体なんの話なんだろう？　ドキドキしていました。食事中、なかなか話を切りだささない妻。こんなの珍しい。一体なんなんだ？　食事中盤「で、話なんだけど」と遂に話し始めました。一言目「『24時間テレビ』のマラソンランナーの話が来たんだけど」と言いました。箸が止まりました。「嘘だろ？」と思いました。僕はこの業界にいる人間なので、『24時間テレビ』のマラソンランナーには注目しています。一体今年は誰なんだろう？　なんて自分なりに予想したりしています。だけど、まさか、まさか、まさか自分の妻に白羽の矢が立つなんて。だって、妻の体重88キロですよ。太っているんですよ。そんな妻にマラソンランナー？？　一体どんなつもり？　っていうか、そんなオファー、断るでしょ。僕は言いました。「断ったんでしょう？」」。すると妻は言いました「やるよ」。覚悟の目。妻が数年に一度見せる「覚悟の目」。たいていのことは聞いて笑ってしまう僕でしたが、笑うどころか、驚きが走って行きました。24時間分の驚きが僕の中で走りまくりましたよ。今までテレビで散々見てきたマラソンランナーが妻！？

正直、書いてる今でも信じられませんよ。でも妻は決めたわけです。『24時間テレビ』のマラソンランナー。妻はとんでもなくグータラ人間なわけです。高校時代バスケ部にいたという事実も昔の話。建物の2階に上がるのに、妻は「エレベーターで行こう」というタイプ。一緒に町を歩いてても100メートル歩くと「疲れた。もうダメだ」というタイプ。朝、ベッドで寝ている妻を起こそうとすると「体が重くて起き上がれない」というタイプ。運動とは無縁なんです。確かにテレビでバンジーやったり、寒中水泳したりして、人とは違う体の張り方をしています。でも、それって運動じゃないからね。マラソンの距離以上に運動とは遠くにいる妻。

だけど妻は決めたようです。やると。普段仕事していて信頼している人からのオファーだったのも大きな理由でしょう。

妻はテレビで言っていました。走る理由。「私は太っています。最初から出来ないよというのも嫌なので」と。「24時間走ったら何が見えるんだろうか？　太っている人が一生懸命頑張ったらどうなるんだろう？」と。

タニタのダイエットで5キロほど痩せたものの、2年で見事にリバウンドどころか、元の体重を超えてしまった妻。そんな妻が走るためには、かなり痩せなければならない。おまけに筋肉もつけなきゃ膝が壊れてしまうだろう。

僕が妻からの衝撃の告白を受けた時は完全決定ではありませんでした。メディカルチェックというものがあります。身体的にマラソンに耐えられる体なのかどうか検査をするのです。それが合格して、本格的にランナー決定です。心配なのは心臓。そして膝。太っている人が走るとかなり心臓に負担がかかる。おそらく検査で「無理」と診断されるんじゃないかと思っていました。

検査が終わって、妻が検査結果を伝えてきました。検査した人曰く、妻の心臓を診て「48時間走れる」と言ったらしいです。心臓、強〜〜〜い。問題の膝。膝の検査が終わって言われたらしいです。「膝美人」。ランナー決定――――!!

番組のプロデューサーとたまたま会う機会がありまして、夫として言いました。「妻をよろしくお願いします」と。プロデューサーは言いました。「発表後、こんなにみんなに『走れるの?』と聞かれたことはないですよ」と。だよね? みんなそう思うよね。夫としては心配。放送作家としては楽しみなランナー。

ランナー発表の会見で今回引き受けた理由を聞いて、とても嬉しい一言がありました。それは「好奇心もあります」。

僕の人生のテーマは好奇心。この仕事していて「好奇心こそ才能」と思ってます。面白い映画、面白い店、面白い人。好奇心がうずくんです。その究極の好奇心が妻との結婚だった気がします。好奇心で結婚なんてふざけるな！　と思うかもしれません。だけど、結果、好奇心から始まった僕らの結婚は、想像を超えた人生を二人に与えてくれています。妻も僕に「好奇心が凄い」と言ってくれています。だけど、妻の口から「好奇心でやった」なんて言葉を聞いたことがありませんでした。好奇心で何かを決めるような人ではなかった。なのに、今回のマラソンを引き受けた理由が「好奇心」。僕が人生の中で大事にしているポリシーという名のタスキを、妻が受け取ってくれた気がして凄く嬉しかったんですよね。

この妻の究極の好奇心から始まる24時間マラソン。まだ先は長い。僕の中でも大きな不安がある。だけど「不安」と「未来」って紙一重。この不安をワクワクした未来に変えることが出来るのは走る妻であり、僕の役目でもあったりするわけです。この妻の大きなチャレンジが妻と僕に大きな変化をもたらしてくれる気がして、僕の中でも湧いてきた。そう「好奇心」。今年の夏はいつもよりかなり暑い、いや熱い。

妻である前に、芸人である大島美幸に惚れた。

『24時間テレビ』のマラソン。距離は88キロ。痩せる前の妻の体重と同じ距離。

最初は笑顔でスタートした妻ですが、10キロ超えたあたりから早くも膝が痛みだしたようです。そして雨。僕は家のテレビで見ていました。時折映る中継で、妻がカッパを着ながら走っていると、胸が苦しくなります。「とにかく雨よ止んでくれ」と。

朝6時を越えると妻の足の痛みは本格的になりました。生まれ変わったはずの妻でしたが、なんとカメラがあるのに、そこからネガティブ発言連発。「もうやだよ〜」「無理だよ〜」「ダメだ〜」。多分今までそんなランナーいなかったでしょう。途中、痛みと辛さでボロボロ泣きながら走ってるのが分かりました。弱虫が流すような涙です。想像以上に辛かったのでしょう。やめたかったのでしょう。テレビで見ていた僕は、この妻の辛そうな顔、心配で仕方なかったのですが、涙をこぼし始めたあたりから、なんだかおかしくなり、笑ってしまいました。リアクションしてるような顔に見えたのです。もちろん、心配でたまりませんでしたよ。だけど、なんか笑ってしまったのです。そこでふと思い出しました。妻は芸人として走っているのです。

番組終了の1時間前。僕は武道館で番組に出させていただきました。番組スタッフから出演依頼があった時に、僕はただ武道館で待っているのは嫌だなと思いました。番組的には嵐の皆さんをはじめ、色んなストーリーがあるし。ゴールで僕が待っていたら、最初に僕と抱き合うしかない。だけど、そうなると、帰って来た瞬間の大島美幸は芸人の前に妻となってしまう。だから、僕はあるVTRをスタッフに見て貰いました。

それは2012年の9月、結婚10周年のパーティーをやった時に、僕が妻に向けて作ったもの。テレビでは絶対に流すまいと思っていたんですが、なんか、今回、『24時間テレビ』を通して、見てほしいなと思ったのです。

そのVTRとは。07年、僕らの間に赤ちゃんが出来た時のVTR。家で妊娠検査薬で検査をした時から、僕はカメラを回していたのです。もし妊娠していたら、生まれるまでずっと回していようと。

VTRは、妊娠検査薬を見る妻から始まります。そして妊娠を確認し、喜び、村上や黒沢に報告する。だけど、08年に入り、健診に行った妻から電話がありました。ただ泣いている妻。それで分かりました。残念なことになったんだと。

中目黒の病院に迎えに行った時も妻は泣いていました。妻は歩いて家まで帰りたいと言いました。帰っている途中もずっと泣いていました。妻はコンビニを見つけると泣きながら僕に言いました。「あんまん食べたい」と。僕があんまんを買って、すぐ食べるでもなく、また泣きながら家に帰りました。家に帰ると、「カメラを回して欲しい」と僕に言いました。僕はカメラを回しました。すると妻は悲しさと悔しさで泣きながらあんまんを食べました。

なんであの時あんまんを食べたのか分からなかったけど、後で聞いたら、僕の前で元気な姿を見せたかったと言っていました。あの悲しみがあって、それを乗り越えて、妻は「これからはもっと体を張っていく」と決意しました。そこからVTRは一変します。山下達郎さんの『ライド・オン・タイム』に乗せて、『イッテQ！』で体を張りまくるおもしろ映像が連発。悲しみを乗り越えて、芸人としての覚悟をさらに決めた妻の体を張りまくりの映像。

10周年のパーティーでは、皆さん涙ながらにこのVTRを見ていたのですが、後半の妻が体を張る映像になると、泣きながら笑っていました。泣き笑い。

これを24時間テレビで、妻が走っている間に、放送して貰えないものかと思いました。本来はテレビで流すべきものではないのかもしれない。だけど、妻にマラソンをオファーしてきたのは『イッテQ！』の総合演出の方でした。今年の『24時間テレビ』の総合演出でもあります。だからこそ、なんか流して欲しいなと。妻が、鈴木美幸である前に、芸人・大島美幸であることをあらためて分からせたいなと。スタッフは物凄くノッてくれました。

放送する前に、僕の中で、一個、放送作家としても、ある思いがありました。涙のあとに笑いは越えるのか？　と。そして武道館のステージに上がらせていただいた僕。ＶＴＲが流れました。前半、周りにいた方はみんな泣いていていました。そして後半になり、爆笑になりました。泣きながら爆笑。笑いが涙を超えました。

マラソンを走りきった妻。番組内に間に合いませんでしたがゴールの時は、皆さんは妻を芸人として迎え入れてくれました。明るく楽しく。おもしろく。妻は終わった後に僕に言いました。「ゴールは涙をこらえて、とにかく明るくいったよ」と。

今回のマラソンは教えてくれました。やはりうちの妻は妻である前に芸人であることを。妻である前に芸人でいる女・大島美幸に僕は惚れたのだと。

マラソンよ、ありがとう。

マラソンの本当のゴールは、焼き肉店だった！

夏に『24時間テレビ』のマラソンを終えた妻だったが、実は本当のゴールはその数日後に迎えたのである。

妻がマラソントレーニング中に一番食べたくて食べたくて仕方なかったもの、それは焼き肉。というか、米？　妻は焼き肉が大好きだ。正確にいうと、焼き肉から出る汁が好き。妻が世の中の食べ物で一番うまいと思ってる食べ物、それは焼き肉を焼いて、タレをつけて、その肉をご飯に塗る。乗せるのではない塗るのだ。肉をハケにして。そのタレがついたご飯を食うのが最高だという。肉はもちろんなのだが、トップは米らしい。僕の中ではイマイチ理解出来ない妻のごちそう。

妻はマラソントレーニング中、ひたすらこの焼き肉＆ご飯を腹一杯食べることを目標としていた。行く焼き肉屋も決まっていた。数ある焼き肉屋の中でも妻が一番好きな焼き肉屋さんは、新宿の「若葉」。10人ほどのカウンターと小あがり1つ。15人ほどしか入れない小さなお店。職人堅気なご主人と女将さん、2人だけでずっとやっている店。その夫婦の掛け合いがおもしろい。

もちろん焼き肉は激うま。鳥なんこつ、キングホルモン、ハラミなどなど沢山。特にキングホルモンを焼きながら、焼いてる途中で一緒にナスも焼き、ホルモンから出た脂と汁をナスに塗って焼いていって、肉汁たっぷりのナスを食べさせてくれたりと、食べ方もおもしろかったり。全部がかなりうまいのだが、妻にとってはその若葉に行くことが本当のゴールだった。

だからマラソントレーニングを始める数日前にも「さよなら焼き肉」と題して、若葉に行き、焼き肉としばしの別れをしたらしい。本当に哀しがっていた。今回、分かったことだが、妻にとって「焼き肉を食べる」ということが人生においてのかなりのプライオリティなのだ。こんなに高かったとは驚いたが。

若葉のご夫婦は、妻の焼き肉好きぶりをよ～く知っている。トレーニング中も、妻にちょっと聞きたいことがあったらしいのだが、女将が自分で電話すると焼き肉を思い出してしまうのではないか？　と言って、電話をしなかった。そんな気が利く二人なのだ。

ご主人がボヤいて、奥さんがつっこむ。一昔前のホームドラマに出てくるようなご夫婦で、僕らにとっても数少ないあこがれ夫婦の一組だ。ご夫婦は妻のマラソンチャレンジをかなり心配していたし、終わった後、店を「本当のゴール」と言ってくれたことにかなり喜んでくれたようだった。

そして、『24時間テレビ』のマラソン当日。2日目に入り、疲れと痛みが一気に押し寄せる。妻曰く、2日目の朝にかなり疲れが出る理由。それは沿道の人が少ないからだそうだ。そりゃそうだよね。朝は少ない。だから急に寂しくなり不安に襲われる。気持ちもめげる。朝から昼にかけて、痛みも増し、気力がどんどんそがれていく。もうダメかもと気持ちがかなりネガティブになった時だった。目の前の橋の上に誰かいる。人が2人。誰だ？？　あれは焼き肉だ！　そう、若葉のご主人と女将さんが道を調べて、この辺に来るんじゃないかと予想し、妻が走ってきた道の真上の橋に立っていたらしいのだ。妻のことを心から応援している二人は一番辛い時間に応援に来てくれた。妻はその気持ちがうれしくてうれしくて走りながら涙がこぼれたのだという。僕が思うに、その涙の中には、二人が焼き肉に見えたからこその涙もあるのではないかと思っている。ゴールはもうすぐ！　焼き肉が食える！　と涙が出てパワーが出たんじゃないかと思っている。

妻がゴールして帰宅し、その若葉のお二人の話を聞いた。本当に感謝した。

人の心がわかる人というのは、人の心の痛みがわかる人だと思う。その人がどういう時に寂しいのか？　どんな傷があるのか？　とわかる人。トレーニング中に焼き肉を思い出すから電話しないなんて、そんな気遣いありますか？　素敵すぎます。

ご夫婦への感謝と、そして、本当のゴールと言い切っている妻にゴールをさせるため、マラソンが終わって3日後、二人で「若葉」に行った。小さなお店の玄関をガラガラっと開けたときに、女将さんの「あ！！　まだ入らないで！　一回外に出て」と厳しい声。なんでだろう？　掃除中？　そんなわけないよね。一度二人で外に出て、30秒ほどすると、女将の「入ってくださ〜い」の声。入ると、女将とご主人が店の入り口に、手作りのゴールテープを持って立っていた。二人が言った。

「本当のゴールですよ」

妻がそのゴールテープを切ると二人は小さな店内で大きな拍手をしてくれた。

人の心の痛みがわかる人は、本当の優しさも持っている。僕らもあんな夫婦になりたい。心からそう思えた。若葉のご主人、女将さん、ありがとう。

洗濯機でティッシュがちりぢりになった理由。

先日、僕がベッドで寝ていたら、妻がまさに鬼の形相で枕もとにやってきました。そして叫びました。「なんてことしてくれんだよー」。寝起きで何が起きているのかピンと来てない僕。かなりの怒りレベル。この時点で10のうち6。旦那さんなら分かるかもしれないが、日常でこのレベル6程度の怒りがたまにある。レベル6の場合は、その場の対応次第でレベル3くらいまで落とすことも出来るが、レベル10まで一気に行ってしまう場合もある。妻はここでようやく怒っている理由を明かしました。「洗濯機がティッシュだらけになっちゃったでしょーー」と。

そうです。僕が寝巻に穿いていた短パンにティッシュを入れっぱなしにしたまま、洗濯物として妻が洗ってしまったのだ。そして洗濯機の中は妻の下着も含めてティッシュだらけになったのだ。これ、人生で何度か経験あるでしょう。

主婦の方からしたら、洗濯し直しだわ、洗濯機の中を掃除しなきゃいけないわで、面倒くさいことこの上ない。この怒りの理由を聞いて、僕は超ドキドキしていた。洗濯機の中がティッシュだらけになってしまったことに関しては土下座でも何でもする。だけど、僕が一番そこで恐れていたこと。それは「なぜ、ティッシュがそんなところに入っていたのか？」だ。寝巻の短パンだから、街中で貰ったティッシュを入れっぱなしにしてたなんて言い訳も出来ない。そもそもティッシュはそんなに大量ではない。２枚ほどの量なのだ。理由を聞かれるのだけは避けようと、とにかく謝る。

「ごめんなさい」「申し訳ない」「何でも手伝います」

怒っている妻は「ふざけんなよ」と言って洗濯機のほうに行ってしまった。怒っているが、僕は「良かった」と安心していた。ティッシュを入れていた理由を聞かれなかったからだ。が、そんな僕の空気を察するかのように、一度洗濯機のほうに行った妻は僕のところにまっすぐ戻ってきて、睨みながら聞いた。「っていうかさ、なんでティッシュ入れてるの？　なんで？」

来たーー！　来てしまったーー！　一番聞かれたくなかった質問。ここで色んな言い訳を考える。仕事の時にはいつもいろいろ閃く癖に、こんな時に限って脳は意地悪さんだ。言い訳が思いつかない。そんな焦っている僕を見て、妻がニヤッと強面笑顔で言ってきた。「本当のことを言いなさい」。妻、こと大島美幸刑事は大体想像がついていたのだ。なぜにティッシュが入っていたのか？　自分で口を割らない僕に大島刑事は脅迫の入った笑顔で僕に自供をうながした。こうなると言うしかない。

「ごめんなさい、オナニーした後、チンチンを拭いたティッシュを短パンに入れっぱなしにしてしまいました」

言いたくなかった事実。どういうことか？　その日、目を覚ますと僕は42歳だというのに、元気に朝立ち。妻は買い物か何かに出かけているようだった。チャンス。僕は、短パンを膝までずらして、せこせこと1人H。ここでは罪の意識を重くするためにあえてオナニーと書こう。そう、42歳でオナニーをしていた。女性の方々に言うが、40歳過ぎても男性はガンガンします。中学生の時に、将来30歳過ぎたらオナニーなんてしないと思ってたけど、全然します。もし周りで40歳近辺でオナニーしないと言う男性がいたら、嘘つきだと思いましょう。

と、自己弁護するために遠回りしたが、とにかく、オナニーして、発射して、ティッシュで拭いたのだ。その時に、玄関の扉がガチャガチャと開く音がしたのだ。ピーーンチ！僕は膝までずりおろしていた短パンをさっとお腹まで上げておチンコ収納。妻が寝ている僕を起こすために寝室に来るのが分かる。本当ならいつもオナティッシュはトイレに流しているのだが、その時間もない。妻に見つかる前にさっと短パンのポケットに入れたのだ。

と、ほぼ同時に妻が寝室に入ってきて「おはよー」と言う。僕は数秒前まで自分のおチンコをいじっていたくせに、今起きたフリしてる。で、このあと、僕は妻と会話したり色々してたら、短パンのオナティッシュをトイレに流すのを忘れてしまった。そしてその短パンを妻は洗濯してしまい大惨事になってしまったというわけだ。

僕の自供を聞いた妻は、僕に言った。「いいか？　お前のオナニーしたティッシュ。つまり精子がついたティッシュが洗濯機の中でバラバラになって、洗濯機の中の私の下着に精子がついたんだ。これはいわば、電車の中で好きな女のスカートに精子を出して興奮しているストーカーと一緒なんだよ。いいか？　お前はストーカーだ！」と叫ぶ。僕は「ストーカーじゃないです」というが「いや、お前はストーカーだ」と譲らない。たった1回のオナニーでストーカー呼ばわりされて、でも深く反省。1回の軽い罪？　を、いかに重く感じさせるか？　これも妻の教育法なのかもしれない。

ちなみに。僕はこのことをブログに書いた。どこかで妻に言われるよりも自分で書いたほうがいいと思ったから。その数週間後。僕の作・演出の舞台があった。知り合いがすんごい綺麗な女優さんを連れて来た。「この人はおさむさんの書いたもののファンなんですよ」と紹介されていい気分。その女優さんが最初に言った言葉。「こないだのブログの洗濯機の話、最高です」。そっちーーー??

冒険夫婦からの手紙。

先日、この『ブス恋』を読んでいて大好きだというちょっと変わった女性から編集部にお手紙が届きました。

瀧本さんという奥様。なんと、この方、旦那さまと現在、ヨットで大西洋を横断中なんだそうです。凄いですよね。冒険の途中、ポルトサント島という所で手紙を書いて送ってくれたんです。

夫婦でヨットで大西洋を横断するのが夢だったらしく、フランスでヨットを買い、横断を始めたそうです。船の中には『ブス恋』の本、1〜4巻までご丁寧に持ちこんで頂き、冒険の途中に読んでは笑っているとのこと。ありがたいですね。

その手紙の中で、僕らの正月休み、連休が取れたら一緒にヨットに乗って、時間が許す限り一緒に大西洋の島を渡りませんか？　と書いてあります。ベッドルームも一つ空いてますと書いてます。

うん、ありがたい。大変ありがたいお誘いだけど、妻と協議した結果、速攻、お断りしますの結論。興味がありましたらご連絡くださいと書いてある後に、「ケイタイは海に落としました（笑）」だって。笑い事じゃないでしょ。なんてポジティブなんだ。ありがたいことにPCのアドレスまで書いてある。

ちなみに、正月はパナマ運河の近くを通る予定だとか。夫婦でバイクにまたがった写真まで一緒に送ってくれました。

うん、すごい。素晴らしい。何が素晴らしいって、この夫婦の価値観の一致ぶりにですよ。

これがね、豪華客船で旅してるんだったらそんなこと思いませんよ。ヨットですよ、ヨット。危険ですよ。二人きりですよ。時間があってもお金があっても、これは間違いなく旅じゃなくて冒険なんですよ。

夫婦二人で、こういうことをしたいと思う気持ちはあります。だけどね、それを実行に移す勇気。そして夫婦で一緒に行っちゃってる。旅が好きなのか冒険が好きなのか分かりませんが、「一緒に行っちゃおう」って思える価値観、素晴らしいですね。

２０１３年10月14日、僕ら結婚して12回目の結婚記念日を迎えました。もう12回目。早い。小学校、中学校、高校を足して12年ですからね。学生生活が最後の年って感じなんでしょうか。思えば確かにこの12年、夫婦の学園生活みたいだったな。でね、やはり思うことは、夫婦にとって一番大切なのは価値観です。自分が大切にしている価値観が一緒だとその夫婦は仲良くなれる。一緒にいられる。

初期の『ブス恋』の時から書いてますが、やはり、結婚して最初の頃に思ったこと。「この妻となら、もし、将来ホームレス生活になったとしても笑ってやっていけそう」という思いでした。

やっぱりね、僕みたいな仕事はね、今は仕事はあってもね、急になくなっちゃう人もいてね。不安なんです。明日から仕事なくなったらどうしようって本気で考える。何が起きるか分かりませんから、人生は。

でもね、結婚してから楽になれた自分がいるんですね。最低に格好悪い自分もこの人にだったら見せられるなってね。今の俺、こんなに格好悪いけどいいかな？　って。プライドを捨て切った最高に恥ずかしい自分。いうなれば、お尻の穴ですよ。お尻の穴状態の自分を見せられる。

そう思ったのが結婚1年目。あれから12年経って、今もその思いは変わりません。

お金があったらありがたい。お金がなかったら仕方ない。その状況で笑っていこう、いつまでも。という価値観が一緒。これは楽ですよね。

だからお手紙くれた瀧本さんのところも一緒です。なぜ旅に出たのか分かりませんが、思いきれる価値観が一緒って素敵です。

毎年、結婚記念日に妻が僕に言うことがあります。「今年もよろしくお願いします」と。なんだろう。新年みたいでしょ。でも、そうなんですよね。お正月以外にも夫婦には新年があるんです。だからね、些細な言葉かもしれないけれどね、「今年もよろしくお願いします」という言葉に「分かった」って気持ちになれる。「今年も仲良くしようね」とか色んな言葉があると思うけど、そこでの「よろしくお願いします」。普段は僕には「クソジジイ」とかばっかり言うくせにね。こういう時は昭和の妻。こんなところの小さい「点」が繋がって一緒の価値観になれる。

瀧本さん夫婦にとっては大西洋横断という冒険がある。僕ら夫婦はそんな激しい冒険は出来ないけれど、2013年は妻がマラソンを走り、そしてこの原稿を書いている今、実は妻は髪の毛を切りに行きました。美容院じゃないです。仕事で坊主になるためにです。おしゃれ坊主じゃなく本当の坊主。映画で男役を演じるために坊主にしにいきました。今年の妻のお仕事はある意味、大西洋並みの冒険なのかもしれない。

さあ、坊主にしてきた髪型を最初に見た僕はどう思うのか？　どうか笑えますように。まだ冒険は続く。

妻の男っぽさを褒めてもらえるとなぜかうれしい。

２０１４年早々に、妻が賞を取りました。妻が賞を取ったのは僕と一緒にいただいた「いい夫婦の日　パートナー・オブ・ザ・イヤー」以来でしょうか。妻が取ったのは、「ナイスワイフ賞」？「がんばってる女芸人賞」？……違います。

その日、僕はかなり夜遅く家に帰ってきました。妻はベッドで先に寝ていました。僕が寝室に入っていくと、妻は珍しく飛び起きて「見てほしい物があるんだけど」と言いました。いつもは一度寝るとなかなか起きあがることの出来ない、その重い体が体操選手のように軽い。

なんだ？　眠気を吹き飛ばすほど僕に見てほしい物って何？

妻が50センチほどの薄い箱を僕の前に出してきました。「これこれ」と嬉しそうに開けました。そこには賞状が入っています。「大島美幸様」と書かれた賞状です。

そうです。ある協会に表彰されたのです。妻にある物が似合うとされ、表彰です。何が似合うのか？　ベストジーニスト？　いや、デニムはくとお腹パンパンだから絶対に選ばれないでしょう。メガネベストドレッサー賞？　いやいや、メガネかけるとサラリーマンのおじさんみたいな顔になるからそれも絶対に選ばれない。一体何に選ばれたのか？

ヒントです。妻と一緒にその賞に選ばれたのが、古田新太さん、いとうせいこうさん、上島竜兵さん、そして妻。一体何か？　妻に与えられた賞とは？

賞状には書いてありました。「ベストフンドシスト」と。

そうです。妻は選ばれたのです。ふんどしが似合う有名人に。日本ふんどし協会から見事に表彰されたのです。

今まで、何度もテレビで黒沢と相撲を取り、ケツを出されて投げ飛ばされて最後に涙を流す。絶対に勝てない力士。涙の女横綱と認められた証しでしょうか？

ベストフンドシスト。全員40オーバーのおじさんたちに囲まれての受賞です。ちなみに、昨年の女性部門の受賞は壇蜜さんです。壇蜜さんは逆にわかる。はいたらセクシーだから。だけど妻は、女として見られたのか？　おじさんみたいだから選ばれたのか？？

だけど、妻は嬉しそうでした。光栄だと。日本ふんどし協会が、映画でも男役を演じた妻に男っぽさを感じてくれたと喜んでいいんですよね？　これって。

と、以前、妻から聞いたある話を思い出した。

妻が新幹線で寝ていたら、カシャッと音がした。目を覚ます妻。すると、ちょっと強面《こわもて》のおじさんが妻の寝顔を勝手に携帯写真におさめていたのだ。強面だけど、ダメなことはダメ。ルール違反は許せない。妻は起き上がり、強面のおじさんにかなり強めに言ったそうです。

「今、勝手に写真撮りましたよね？　私が寝てるところ、撮りましたよね？」と。

最初はごまかそうとした強面のおじさんでしたが、妻の言葉は強くなり「消してください！　今、ここで消してください」とお説教状態。すると強面のおじさん、いきなり泣きそうな顔になり携帯で撮影した妻の寝顔を出しながら妻に言ったそうです。

「ごめんなさい。寝顔があまりにもうちの息子にそっくりだったんですーーー」

えーーーーーーーーーーーー！？　息子に似ている？　30歳超えている妻の顔が息子に！？

その息子さん、もしかしたら今は一緒に住んでないのかもしれない。離婚した妻の子供なのかもしれない。気持ち良さそうに寝ている妻の寝顔を見て息子さんを思い出し、失礼だと分かっていながら、カメラのシャッターをきってしまったのでしょう。

泣きそうな顔で訴える強面のおじさんの顔を見て、妻は削除の要請を出来なくなったらしいです。

寝ている顔が息子と似てる。そんなことってあります？　っていうか、強面のおじさんよ、その息子と顔が似ているのが僕の妻です。

男っぽい女性っていますよね。男っぽさを求めて宝塚のようなところに入る人もいます。でも、妻こそが本当に男っぽい女なのかもしれない。時にはおじさんっぽく、時には少年っぽくもある（太った少年）。

でも、なぜだろう。妻の男っぽさを褒めてくれる人がいると、なぜか嬉しい僕がいる。

「俺の嫁、男っぽいところあるんだぜ」ってなんか格好いいよね。

ブラジリアンワックスする妻って、いったい！！！

イタズラな女、なんて言葉さすがに聞かなくなったが、イタズラな女が男は好きだ。しかも、男にイタズラするイタズラ女ではなく、自分にイタズラする女に男はドキドキする。いきなり髪の毛をざっくりと切ってきたり、髪の毛を真っ赤に染めてきたり。自分で自分をイタズラするというか、そんな自分を楽しむ女。そんな女に男はヤラれる。

うちの妻も数年に1回、イタズラをする。自分に。ただでさえ映画の為に坊主にした妻。映画の撮影は終わったとはいえ、髪の毛はそう簡単に伸びない。ちょっと伸びた坊主になっていて、寝顔は完全に中学生。ガリガリ君が横で寝ているみたいだ。

そんな妻が、先日、僕にあるものを見せた。いきなりだ。「これ、見て！」と楽しそうにパンツを下ろした。朝方ですよ。寝ぼけ眼の僕の前でパンツを下ろすんですよ。なんてハレンチな女だと思ったが、その先の目に映ったものに驚いた。驚き度としては２０１３年、ＭＡＸいったかもしれない。

一体、パンツを下ろした先には何があったのか？　一言で言おう。

ツルツルだった。

妻の股間に生えていた真っ黒なものが、ワカメが、ヘアーがまったくないのだ。生まれたまんまの姿になっていたのだ。だから僕は声を出した。ウワーーーーー!!

最初に言っておこう。性的プレーでこんなことをしたわけではない。妻がワカメちゃん、いや、ヘアーをツルツルにしていた理由。それはマラソンに遡る。マラソンって、意外な所にダメージ来るんですよね。僕が中学生の時にサッカー部で毎日2キロとか走らされていたんですが、Tシャツで乳首がこすれてかさぶたになってしまったことがあった。

妻がマラソンにチャレンジする前にもこの乳首のことは言われていたらしいが、大丈夫だったらしい。だけど、代わりにダメージを受けたのはヘアーだとのこと。なぜマラソンでヘアーがダメージを受けるのか？「風が吹けば桶屋が儲かる」ならぬ、美幸走ればヘアーがこすれる。24時間のマラソンを走ったことにより、ヘアーがだいぶこすれてしまったらしいのだ。歴代のランナーがみんなそうなったかはわからない。いや、多分なってないだろう。

妻は下腹部もたっぷり脂肪があるため、下着と脂肪に挟まれたヘアーがこすれてしまった。包丁を研ぐかのように、24時間かけて、妻のヘアーの一本一本は細長い画鋲のようになってしまったみたいだ。ヘアーがとがると生活にいろいろ支障をきたすらしい。

まずチクチクするということもあるのだろうが、妻が一番面倒だと言っていたのは、トイレでお小水をしたあとに、トイレットペーパーで拭くと、毛の先が紙をひっかく。つまりヘアーの先っぽの部分にトイレットペーパーの残骸が残ってしまうらしいのだ。

と、ここまで書いてふと冷静になったが、僕はなんてことをここに書いてるのだろう。女性からしたら「あるある」なのかどうかは分からないが、妻のお小水事情を書くことになるなんて。

で、妻は、思い立ったわけです。ヘアーを一度全部なくしてしまい、生まれ変わらせてやろうと。その方法は、ブラジリアンワックス。妻の知り合いのある芸人さんが番組でブラジリアンワックスにチャレンジして、ヘアーを抜いた時に、意外と楽だと言っていたらしい。ヘアーがないと何が楽なのか男子の僕には分からないが、妻はその言葉が頭に残っていて、覚悟したんです。ブラジリアンワックスにより、ヘアー除去を。

以前知り合った人にブラジリアンワックスを始めた人がいたとのことで、そこに行ってブラジリアンしてもらったらしい。妻曰く、「すげー痛かった」と。一部を抜くわけじゃなく、全部抜くわけですから。僕も番組で取り上げたことありますが、一回で全部抜けるわけじゃないんですよね。何回もやらないといけない。ガムテープで脱毛するみたいに。ちなみに、おしりの穴の周りまで処理するには、なんと、後ろ向きになって、自分の両手でお尻を広げて、お尻の穴を自ら見せなきゃいけないらしい。これは立派な罰ゲームだ。それにより、ヘアーを全部なくしてしまった妻。

僕が言いたいのはね、いろんな事情があって、ヘアーをまるごとなくしてしまうのはいいんですよ。でもね、想像してください。その時点での妻の髪形は坊主なんですよ。中学生の野球部員みたいな頭なんですよ。その顔でね、パンツを全部下げられて、下の毛が全部なくて生まれたまんまの女の子って感じでね。顔は中2の男子、下は生まれたままの女の子。

複雑————————！　頭の中で処理できない。新しい生き物ですよ。いや、驚いた。

1週間ほど経って、僕は妻に聞きました。「結局ブラジリアンして、生活しやすくなったの？」と。すると妻は坊主頭で言いました。「ほとんど変わんねえよ。っていうかスースーして寒いよ」と。

結局、何のためにブラジリアンしたんだろうね。でも、イタズラな女だぜ。妻は。

早く元通りに生えてきますように！！

おっさん役で主演女優賞獲得。妻よ、偉い！

2014年11月に妻の主演映画『福福荘の福ちゃん』が公開になりました。妻がおっさん役でしかも主人公を演じるという一見、非常にトリッキーな映画。物語は、ボロアパート福福荘に住む、うちの妻演じる福ちゃんと荒川良々さん演じる愉快な友達シマッチ、そして福福荘の個性的すぎる住人。そこに水川あさみさん演じる新人カメラマンの女性が加わり、淡く切ない恋物語になっていく。

この『福福荘の福ちゃん』は、8月、カナダで行われた映画祭で賞を獲得し、一気に注目度が上がった。しかも、最優秀主演女優賞。そうです。妻が獲得したのです。

獲得が分かった日、妻からメールで「カナダの映画祭で最優秀主演女優賞を獲得しました。おっさん役で女優賞です（笑）」という文章。最初の感想。大爆笑。その大爆笑には「喝采」という気持ちがあります。

色んな都合で撮影時期が『24時間テレビ』のマラソンの直後というハードスケジュール。

だって、体重を15キロ近く落とした後に、1か月後にまた10キロ太らなきゃいけないんだもんね。ロバート・デ・ニーロもびっくりのその肉体スケジュールだったが、藤田容介監督の熱いハートに惚れた妻は「やってやるぞ」と気合いを入れて坊主頭にして挑んだ役。しかも、その後に妊活休業すると決めていたので、より気合いが入っていました。

それだけ魂削った役がカナダの女優賞を取ったなんて、ありがたいですよね。しかも日本人では「過去に満島ひかりが獲得」と報道されている。妻は「満島ひかりさんに申し訳ない」と言っていました。

で、そんな『福福荘の福ちゃん』。僕は公開1か月前の試写で見ました。もっと早く見たい気持ちもあったんですけど、妻が大画面に出てくるだけならまだしも、おっさん役を演じてるわけじゃないですか。複雑な気持ちなわけですよ。「おっさん役を演じてるからイヤだ」とか、そういうことじゃなく。僕の不安はね、「福ちゃんに見えなかったらどうしよう」と思っていたのです。福ちゃんを演じているのに僕には妻に見える。女に見える。そう思ったらどうしよう。それにね、もし自分にとっていい映画ではなかった時に、嘘はバレるなって。それが怖くて正直、試写になかなか足が進まず。

だけど勇気を持って試写室に行きました。満杯の試写室にまず驚く。一番後ろに座ったものの、まわりは「旦那が来たぞ」的目でチラチラ見る。そりゃそうだわな。ドキドキとわくわく。正直、不安の気持ちが大きいまま、映画がスタート。

妻演じる福ちゃんは塗装職人。塗装しているビルの屋上から物語がスタート。新人塗装員が仕事をやめたいと泣きっ面。理由は、休憩中、寝ている時に、荒川さん演じるシマッチが顔の上にまたがり、顔に屁をかけたという理由だ。それを聞いて、福ちゃんはシマッチに「寝ろ」と指示を出す。寝て、その顔の上に新人が屁をかけろと言うのだ。屁をすることを拒む新人。すると福ちゃんが「仕方ねえな」とばかりに、寝ころんだシマッチの顔の上に股を開き思いっきり屁をしようとしたところにタイトル。

その瞬間、会場からは笑い声。始まって数分。そこにいたのは、大島美幸でもなく鈴木美幸でもなく、福ちゃんだった。

約2時間の間に、まったく妻に見えなかったといえばゼロではない。福ちゃんは学生時代イジメを受けたトラウマがあり、それを引きずって女性に対して恐怖症が残っている。

この設定、監督がわざと作ったのかどうかわからないが、学生時代の妻と似た環境だ。そのトラウマと向かいあったときに、福ちゃんは涙を見せる。その涙は、妻の心の中にあるトラウマが掘り起こされた影でもあると感じた。が、大島美幸ではなく福ちゃんが勝っている。すばらしいお芝居だと感じた。

最後の最後まで、笑わせてキュンとさせて、ホロっとさせてくれる福ちゃん。映画のエンドロールになった瞬間、一番最初に出てくるのは「大島美幸（森三中）」の文字。おっさんを演じている一人の女性の名前。そこでなんだか、グっときた。「妻よ、がんばったね」と。

この映画、妻が演じたからというわけではなく、映画として大変すばらしかった。コメディーという枠ではなく、喜劇。今、日本では少なくなってきた喜劇を映画として撮りあげた監督には嫉妬心さえ湧いた。

そして、藤田監督は資料にこう書いている。「大島さんの顔は醜い顔じゃない。おもしろい顔なんです」と。そう、妻の顔はおもしろい。あのね、おもしろさと愛しさって同居するんです。寝ている妻の顔を見ていると「おもしろいな」と思うと同時に愛しくて仕方ない。

そんな「おもしろさ」から、福ちゃんという愛しいキャラクターを作り上げてくれた藤田監督には心から感謝を伝えたい。

そして、もし将来子供が出来たら、この映画を見せたい。演じているのが母だと気づかず笑ってくれたりしたら、嬉しいな。小さな夢。

そして何より、妻よ、素敵な映画をありがとう。

手紙で実感する、つながりを引き寄せる力。

うちの妻は手紙に変なヒキがある。今から5年以上前だろうか。吉本興業に森三中・大島美幸さまと書かれた手紙が届いた。普通のファンレターとかと同じ所に届いたその手紙には、差出人の所に「さくらももこ」と書いてあった。そう、ちびまる子ちゃんで国民的漫画家、さくらももこ。妻がその手紙を持ってきたのだが、「これ、絶対偽物だよね」と僕に渡した。そこには確かに「さくらももこ」と書いてあり、可愛い文体で妻への手紙が綴ってある。妻はさくらももこ先生の本が大好きで、何冊も集めている。そのうちの一冊をテレビで紹介したのをたまたまさくらももこ先生が見ていて、お礼の手紙をいきなり吉本に送ってきた……ということらしい。しかも電話番号も書いてある。うん、嘘臭い。あまりにもいい人すぎる。妻は僕に言った。「ここに電話かけてみてよ」。エー?! 俺!?

こうなったらかけるしかない！　僕はドキドキしながらその番号にかけてみた。そしたら、確かに、さくらももこ先生の事務所で、そして、なんとなんと、さくらももこ先生から折り返しの電話があった。本物——!?? 妻は大興奮。そんなことから、妻と僕とさくらももこ先生の奇跡のお付き合いは広がり、ご飯に連れて行って貰ったり、ご自宅に連れて行ってもらったりしているのです! すんごい可愛くてファンキーなさくらももこ先生。まさか吉本興業に普通に手紙を送ってくるなんて! 一流の人は、自分の思いを素直に届ける。

で、こっから話は大きく変わって、物語は10年以上前にさかのぼる。以前僕らが住んでいた家の近所には大きな救急病院がありました。夜中もやっている。妻はその日、風邪をひき、あまりの体調の悪さにその病院に行きました。病院から帰って来て「とんでもない奴がいた」と憤っている妻。妻が病院に入り、深夜の待合室で待っていると、一組のカップルが入って来たらしい。そのカップルの女性、顔をおさえている。よく見ると、顔の半分がボッコボコに腫れ上がっていて、口元は切れ流血している。その腫れあがった顔を女性が恥ずかしそうに自分の手で隠して、受付まで歩いてくる。横には男、そう彼氏。

その彼氏の憮然とした態度を見て妻はピンと来た。「DV彼氏だ!」。納得してない彼のふてぶてしい態度。なのに彼女が血を流し顔を腫らし弱々しく歩いている。家で彼氏が彼女を殴り、あまりの事態になったので病院に行くことになったのだろう。DVで悩む女性って本当に多いんですね。不思議なのがDVの男性って殴った後とかに反省したり、ハっと気付いて謝ったりする。謝るなら殴るなよ！　ってことなんですが、妻も知り合いにDV男の相談されてたこともあって、DV男性に対して、まるで自分がやられたかのような怒りと恨みを持っている。顔がボクサーのように腫れた彼女は、待合室の椅子に座る。すると彼氏は彼女の横に座ることもなく、そそくさとトイレに行ってしまったというのだ。多分、気まずいのだろう。妻はその彼女のことが凄く心配だった。というか、あまりに顔を腫らした女性に衝撃を受けまくっているところもあった。受付で、彼女の名前が呼ばれて診察の順番になった。彼氏はまだトイレから出てこない。彼女は顔だけでなく体にもかなりのダメージを受けていて、なんと自力で立ち上がれなくなっていたのだ。さすがに妻は、さっと彼女の横に行き、傷だらけの彼女をサポートするように、力を貸して立たせてあげたらしい。彼女は血だらけの顔で「ありがとうございます」と言って診察室に消えて行ったと言うのだ。なんて寂しい話。

それから10年近くが経ち、妻が家に一通の手紙を持ってきた。またもや吉本興業に届いた一通の手紙である。妻はニヤニヤしながら、「これ、読んでみて」と言った。差出人は一般の女性。手紙を読むと書いてあった。「私は10年近く前、○○病院で助けて頂いたものです」。そう。DVを受けていた女性からいきなり手紙が届いた。そこには書いてあった。あの時一緒にいたのはDVの彼氏だったこと。そして、妻があそこで肩を貸してあげたことが本当に嬉しかったこと。そして、今はあの彼氏と別れて素敵な恋をしていること。

なんか、その手紙を読んで、凄く嬉しくなった。なぜ、10年近くの時を超えて、その女性は妻にその手紙を書きたくなったのか？　『イッテQ！』で妻がバンジーしてる姿とか見て「この人も頑張ってるんだな」とか思って手紙を書いたのかどうか分かりませんが、たった一通の手紙から一人の女性の人生が届いた。

さくら先生の手紙、そしてDVを受けた女性の手紙。吉本興業には不思議なつながりを持たせてくれる手紙が届く。そして、そんな手紙をヒキよせる妻の運と性格に僕はまたキュンとなるのだ。

掃除好きな妻をイライラさせてしまう僕。

うちの妻は掃除好きです。潔癖性というわけではありませんが、掃除が好きなんです。仕事が忙しくて、なかなか部屋を掃除出来ない時は、相当ストレスたまるみたい。時間を見つけたら、夜中でも一気に掃除します。特に「コロコロ」で床をコロコロするのが好き。掃除好きだからといって、汚したら喜ぶか？　といったらそんなことはありません。掃除中の妻は気が張っています。ウキウキして掃除している感じではありません。格闘技で戦う男のような空気感。気になる所を見つけては、コロコロを持ち、向かっていきます。刀を持って敵地に殴り込む武士のようなオーラを放ちながら。まあ、一言でいうと怖いです。

仕事が終わり、夜中に帰り、妻といろいろ楽しいお話ししようかななんて思って帰ったときに、掃除してたら「しまった！」と思います。武士が刀持ってるときに出くわしたんだから、そりゃそう思うでしょ？

掃除をするということは部屋が汚れてるわけです。部屋がなぜ汚れてるのか？　一番の原因は僕なわけですよ。いつもは愛すべき夫だとしても、刀を持ち武士となった妻にとって僕と会う時は、敵の襲来。僕を見る目がかなり厳しいんですよ。そういうときは、リビングをスルーして、なるべく静かに寝室に向かうというのを勝手なルールにします。寝室でなるべく声を出さずに静かに本を読む。

が、リビングの方からは「きったねえな」「くそ」「なんだよ、これ」「ちくしょー」と、とても掃除中とは思えない声が聞こえます。言葉だけ聞いたら完全にチンピラです。

妻が一番怒ること。それは、廊下の足跡。妻は僕にスリッパを履くことを求めます。これ、スリッパ履く人って、どこに行っても履くじゃないですか。これって、もう性格だと思うんですよね。履かない人はなかなか履くようになれない。が、僕がスリッパを履かずに廊下を歩くと、僕の足の裏からでている脂分が跡を残してしまうのです。泥棒の足跡のように。自分でもわかっています。だから、スリッパ履かなきゃと思うんだけど、なかなか履けない自分がいる。その日、掃除でイライラしている妻を怒らせないように静かに寝室に入ったはずだったのですが、その寝室に入るまでの廊下に僕の脂の足跡が残ってしまったらしいのです。妻はそれを発見すると寝室の扉を開けて、僕に叫びました。「おい！！お前の通るところは全部汚くなっちまうな！　クソジジイ！！」

クソジジイ！？　テレビ以外でクソジジイという言葉を初めて聞いたし、まさか自分が言われることになるなんて。「クソジジィって!」。ショックを通り越して、思わず笑ってしまいました。すると妻は言います。「笑ってる場合じゃねえぞ、クソジジイ」。クソジジイと言われないように、脂の足跡は気をつけようと誓った僕でした。

数日後、妻がとある番組に出演したあと、家に帰ってきて、なんだか反省モード。妻は言いました。

「こないだは、クソジジイなんて言ってごめんなさい」と。

どうやら、その番組では、いろんな芸能人の自律神経のレベルを計測したらしい。そんなものが計測できるんだってことにまず驚く。その検査の結果によると、妻は自律神経のレベルがかなり低いと言われたらしい。自律神経のレベルが低いということは、自分の感情をコントロールしにくい。だからイライラするし、怒りやすくなる。僕にイラッときたときは、僕の頭を「いい子、いい子」となでると、自分の気持ちも落ち着くというのだ。だから、これから怒った時には「いい子、いい子して」と言ってくれと言うのだ。相手が怒っているときに「いい子して！」って言ってることが怒られそうだけど、我が家のルールとしてそうすることに決定！

そして、妻にこうアドバイスしてくれた人もいるらしい。

「汚れというのは生きてる証拠だよ」と。

生きているから汚す。生きているから部屋は汚れる。もし夫が死んだら部屋は汚れないんだよと。そのアドバイスを聞き、妻は急に寂しい思いになった。自分がイライラしてることへの罪悪感を感じた。その言葉が深く刺さった！　だから、反省顔だったのだ。そして妻は言った。

「これからは部屋を汚しても生きてる証拠だって噛みしめるから」

ありがとう妻よ。人生勉強。人生の先輩たちの言葉って、やっぱ、為になるね。

ちなみに、数日後、汚れた部屋を見て、妻がイライラしていたのは言うまでもない。

妻についての引用リツイートで思わず熱くなる！

先日、僕のツイッターに、ある一般の方から何度も引用リツイートがありました。そこには……

――森三中のお尻を見て笑っているのはお前だけじゃないの？　世の中のほとんどの人はひいてるから！　なんで女の子が下品なことをしてるのが笑えないかって、考えたらわかるじゃん。「かわいそう」っていうそれだけだよ。お前、自分の奥さんを他人の女に「かわいそう」なんて言われて平気なのかよ。構成作家なら、モデル、女優に見下される、絶対に笑いが取れる素晴らしい芸を奥さんにやらせるんでしょうね。テレビで――

こんなことが僕のツイッターに引用リツイートされてました。一般の人のツイートをそんなに真剣に受け止めなくても、と思うかもしれませんが、正直、めちゃくちゃ腹が立ちました。

これがその人自身のツイートに勝手にアップしてるならいいのですが、僕のツイッターにご丁寧にリツイートしてきたからです。腹が立ったポイントはいくつかあるのですが、一番はまず、妻のやってることを「かわいそう！」と決めつけていること。そりゃ思ってる人もいるかもしれません。いや、いるでしょう。ケツを出して簡単に笑い取ろうとしやがって、と思う人もいるでしょう。でも、笑ってくれてる人も沢山いると僕は少なくとも信じています。なのに、自分の意見を簡単に世の中の意見としてるところ。しかも、なんの番組で見たか分かりませんが、「モデル、女優に見下される……」と書いてありますが、少なからずそこに出演していたモデル・女優は「見下す」という笑いをしにいったはず。本気で見下しているとしたら、その人はテレビに出るプロじゃないというか。この人にとって、見下すように見えたのかもしれませんけど、その後に「平気なのかよ」と書いてあるのに更に「風立ちぬ」ならぬ、「腹立ちぬ」ですよ。だって、僕が見て「かわいそう」だと思ったら、本人に伝えます。仕事をしていて妻にアドバイスすることはほとんどありませんが、芸人が笑わせようと思っているのに「かわいそう」と僕が思ったらそれは確実に言います。世の中の人がどう思うかは別です。僕が「かわいそう」と感じたら、それは夫として妻のファンとして言ってあげます。

改めて僕は言いますが、妻が体を張った芸をすることを、面白いと思ってます。体を張ることを芸と思わなくてもいいし、芸と思われるのもそれこそかわいそうなところもあるかもしれない。女芸人は体を張ったり脱いだりすることの芸において大きな壁があると思う。

妻はダチョウ倶楽部さんや出川哲朗さんが大好きで、自分なりにそこにチャレンジしてるわけです。僕が妻に惚れた一つの理由は、出会う前にテレビに出ていた妻です。サウナに体丸出しで入っていて、おっさんのような体だった。僕は笑いました。女性の体で初めて笑ったのです。もちろんそれを笑わない人もいるでしょう。でも、僕は笑いました。すげー奴が出てきたなと。その瞬間、森三中大島という人間をリスペクトしました。

この妻の芸風に対して、勝手に呟《つぶや》いてるならいいけど、わざわざ僕のツイッターに送ってきたから、腹が立ちました。僕に向けて正式に言ってきてるわけじゃないですか！　だから、ツイッターでさらにリツイートして反論してやりました。僕の意見を。

そしたら、また他の人が、「一素人の意見にそんなに本気になって吊し上げなくても」的なことをツイートしてきました。吊し上げじゃありません。僕なりの反論です。だって、僕のツイッターにそう書いてくるということは、僕の意見を求めている部分もあると思っていいわけですよね？　他には「攻撃だ」と書いてる人もいました。攻撃かもしれません。だから、攻撃されたから、僕も守るつもりで激しく書きましたよ。——素人だったら何を書いてもいいのか？　責任はないのか？　そんなことないと思います。少なくとも僕に向かって書いていて、それを他人が読める状態で書いてることに責任持つべきだと思うんです。顔を見たことない人でも、何万分の一の意見でも、そこに辛い言葉が書いてあったら、誰だって傷つく。ヘコむわけですよ。僕に対してのことだったらこんなに熱くなってなかったのかもしれない。妻に対してだったから。しかも、一番大事にしてるところ。僕がこのような趣旨をツイッターやブログにアップしたら、これに対して、またネットで熱くなってました。もちろん、僕の意見に反対したり、僕にツイートしてきた人に同調してる人も沢山いました。でも、そういう意見はどっちでもいいのです。そういうもんですから。ただその人は、僕個人に言ってきたわけですよ。妻のことを！

……数日間熱くなっていた僕に、妻がある時、このことに対して言ってきた。

「言いたい奴には言わせておけばいいんだよ」

と。そして僕に向かって言った。

「むぅが私の為にこれだけ熱くなってくれたことが本当に嬉しいよ。ありがとう」

その一言で僕の体から全ての毒がスーーっと抜けていった。

「結婚してください」に勝る言葉はない。

2014年のお正月、大分県湯布院へ旅行した時のこと。

「二本の葦束」という旅館には僕の大好きなバーがある。「Barolo」というバーでそのお店の雰囲気が好きで、宿泊中には毎日行っていた。2日目の夜、バーに行きカウンターに座ると、隣にカップルがいた。30歳前後のカップル。女性はスゴく綺麗な方だ。僕が一人ワインを飲みながら、格好付けてシガーなんて吸ったりして、ダンディーぶってると、カップルの男性が話しかけてきた。体の線も細く、すごく気のいいお兄さん。なんと、熊本県でテレビの編集関係の仕事をしているらしい。いわば同業者。二人は付き合っていて、結婚式も決まっているとのこと。記念にお正月に湯布院に来ていたらしいのだ。どうりで幸せオーラが匂うわけだ。

が、彼氏がトイレに行くと、彼女が僕に向かってちょっと悩み顔。「結婚式決まっているのに、プロポーズされてないんですよ」と。

付き合ってなんとなく結婚をすることになって式も決まっているのに、はっきりとしたプロポーズをしてもらってないらしく、それが悩みなのだとか。それを聞いては放っておけない。

彼氏がトイレから出てきて、座った瞬間に僕は言った。「今、彼女さんに聞いたんですけど、なんでプロポーズしないんですか？」と。すると彼は「彼女がサプライズを求めていると思うんで、サプライズなプロポーズをしようと思っているんですよ」と言う。だけど、目が泳いでいる。彼女は「ここで、サプライズとか言っちゃってるし、ずっとそう言ってしてくれてないじゃん」と言う。ちょっとピリピリ。すると彼が、いきなり泣きそうな顔で僕の方を見て「もうサプライズしようと思っても、彼女の目線が上がりまくってしまって、どうしていいか分からないんです。なんかいい方法ないでしょうか」。まさかのギブアップ宣言。彼女もその宣言に驚いていた。

確かにプロポーズって難しい。僕は妻と出会った日に、おもしろさもあり「結婚してくれ」とか言っちゃってるからいいけど、何年か付き合っている関係であらためてプロポーズするって、考えすぎちゃうのも分かる。

彼氏のギブアップ宣言。時間は夜11時くらいだったろうか。僕は言った。「見ててあげるから、ここでしなよ」

彼氏は「えーー!? 今から? ここで?」。すると彼女は強い感じで「鈴木さんが見てくれてるっていうんだからしなよ」と言う。この光景めちゃくちゃ変ですよ。サプライズでするって言ってたのに、彼女に「ここでしろよ」的に怒られている。ビビる彼氏。

僕は部屋でまったりしているであろう妻に電話して、事情を説明してバーに出動してもらった。その日、旅館の女将が妻に、ちょっと早めの誕生日ケーキをくれていた。妻は食べかけの誕生日ケーキを持ってきて「今からプロポーズするって聞いたんだけど、食べかけのケーキ持ってきました」。さすが妻らしい気の遣い。食べかけでもケーキ。

僕と妻が見ている中でプロポーズすることになってしまった彼。

イスに座って彼女に向かってプロポーズ開始。「えっと、あのですね、あの」とモジモジしたところで、妻が「座ったままじゃだめでしょ。ちゃんと立ってプロポーズしなさいよ」と注意。二人立ち上がり、立ってプロポーズ開始。だけどね、彼氏がモジモジしながら「これからも一緒にいてください」的なことを言って右手を差し出したが、なんかはっきりしない。その空気を感じた。僕はプロポーズって「結婚してください」って言葉を聞きたいんだと思う。なのにね、なんか別の言葉で表現するんですよ。だから喜びポイントが分からない。妻はそのたびにダメ出し。「なんかしっくりこない」「やり直し」「伝わりにくい。やり直し」とかまるで妻がプロポーズを望んでいるかのようにダメ出しでやり直しさせる。

何度かのやり直しのアト、イライラした妻は「もっとちゃんとはっきりした言葉で言いなさいよーーー」と怒る。

そしてようやく言った。「僕と結婚してください」。ようやく言えた言葉。彼女の顔が初めて変わった。彼の言葉が皮膚から細胞に染み渡ったような感じで目元がゆるみ、彼の手を握り「お願いします」と言った。テレビなんかで何度も見てきた光景だけど、なんか幸せをもらった気になれた。

そして改めて思う。「結婚してください」という言葉はとてつもなく重く覚悟がいるのだ。だから彼氏はその言葉を本能的に避けたのかもしれない。もしかしたら、世の男性は「結婚してください」とかいう言葉をベタだとか言って、別の表現にしているかもしれないが、言ってないとしたら怖いのだと思う。自分がその人を背負っていく感が半端ないから。シンプルすぎるその言葉には、とんでもない勇気が必要なのだ。たぶんどんな飾られた言葉よりも、女性だって、この言葉が一番体に染みるはずだ。だからはっきり言おう。「結婚してください」に勝る言葉はない。

だから、このあとプロポーズ予定の人がいたら「結婚してください」の言葉を求めよう。

2014年、春、あの二人が式を挙げたらしい。今度は食べかけのケーキではなく、大きなケーキに幸せのナイフを通していることだろう。

有言実行できる大人になりたい。

僕は色んなところで書いたり言ったりしてますが、「やる」と「やろうと思った」の間には大きな川が流れている。ダイエットも「やった！」と「やろうと思った」って全然違う。1日でもやったか。明日からやろうと言って1年以上引き延ばしになっていないか？　口にしたことを実際にやることってすごいパワーだ。

「今度、機会あったら飯でも」と言って「その機会っていつだよーー」と思ってる人、多いはず。まあ、僕もよく言ってしまうんだが、口にしたことを実際に有言実行出来る大人、少ないんですよね。

日本テレビの土屋敏男さんという方がいます。電波少年でお馴染みのあの方です。色んな芸人さんの前にダース・ベイダーのように現れて、色んな無茶をさせてきたあの人。50歳過ぎて金髪にした、やんちゃな大人。

森三中はデビュー直後からお世話になってます。僕は直接レギュラー番組とかでお仕事したことないんだけど、何かと話す機会があったりして交流があります。そんな土屋さん、僕と妻が結婚したときになんだかえらくおもしろがっていました。交際日0日の結婚だったりしたので、土屋さんは「おもしろい結婚だな」と興奮気味に言っていました。

その時に僕と妻に言いました。「この結婚はおもしろいからおさむと大島が結婚している限り、1日100円あげるから」と。すごい企画です。別にテレビで放送するわけでもないんだけどね。土屋さんが大島に口座を開くようにと言いました。本当に払うのかなとか思ってたんですが、半年ほどしたら、100円×半年分が振り込まれていました。つまり1万8千円近くです。

その半年後も100円×半年分振り込まれていました。

正直、1日100円払うこと自体が冗談だと思っていたので、1年間振り込まれたときには笑いました。かつては猿岩石をヒッチハイクで大陸横断させたり、なすびに懸賞生活させたり。芸人さんに体張らせてる男はちゃんと自分が口にしたことを実行するんだなと。でも1年ほど振り込まれたあとは、振り込みがなくなりました。というか、こんなことで1年分もらえれば十分と思ってましたし。

ですが。それから3年ほど経ったあと、妻が銀行に行き、口座を見ると、なんと土屋さんからまとめて10万円近く振り込まれていたんです。3年分一気に振り込まれていました。

まだ覚えていたなんて。

なので土屋さんに会ったときに「こないだ3年分振り込まれてて笑いましたよ。ありがとうございます」と言いました。そしたら困った顔で「正直、こんなに長く続くと思わなかったよ」と言ってました。別にやめたっていいんですよ。放送されているわけじゃないのに。だけど律儀に振り込んでくる男。

土屋さんは僕が作っている舞台をたまに見に来てくれます。そして、見終わった後に「お前は結婚してから本当に愛ってものを見つけたんだな」とうれしい感想を言ってくれたりします。結婚してから僕は作るものがかなり変わりました。妻から教わったこと感じたことなんかが特に舞台の脚本には出たりします。土屋さんはそれを感じてくれてるし、そこに対してすごくリスペクトしてくれる。

妻が『24時間テレビ』のマラソンをしたときも、ツイッターで熱い一言を呟いたりしてくれていました。直接言ってこないけど、どこか大人の目線で嬉しいことを言ってくれる。

そして、2013年冬。

妻からメールが。妻が銀行に行くと、なんとなんと。そうです。最後の振り込みから8年。また振り込まれていたのです。金額は、100円×8年。30万円。

道端歩いてたら後ろから切りつけられたかのようにビックリしたし、笑ったし。完全に忘れていた。1日100円。もういいのに。振り込まなくていいのに。なのに忘れた頃に振り込んできた。一体なぜ振り込み続けるのか？　簡単です。やめたらおもしろい人間じゃいられなくなるって思っているんでしょう。そもそも1日100円という企画を言いだしただけでおもしろい。だけど実際に振り込んだ方がおもしろい。途中でやめるより振り込み続けた方がもっとおもしろい。

最初に書いた言葉。「やる」と「やろうと思った」の間には大きな川が流れている。シャレで言った一言を徹底的にやり続ける大人。格好いいな。

土屋さんは、最初は冗談として僕らの結婚生活にお金を振り込み始めた。だけど、今は違う。僕と妻の結婚生活の幸せを願ってくれている気がする。神社に1日100円お賽銭入れに行くように。

僕も有言実行できる大人になりたい。土屋さん、ありがとう。

ＥＴ－ＫＩＮＧとコラボした結婚式の歌。

あるグループに頼まれて曲の歌詞を書きました。ＥＴ－ＫＩＮＧというグループの曲には結婚式にあってる曲が多いらしく、そういう曲を集めた「ブライダルコレクション！」を出すのだという。

リーダーのイトキンさんとはコンちゃんという共通の知り合いの結婚式で会いました。その結婚式の二次会で、イトキンさんは僕に言ってきました。「今度ブライダルアルバムを作るんですが、おさむさんと何か一緒にやりたいのですが……」と。後日、なぜ一緒にやりたいのか？　熱い思いを書きつづった手紙もくれました。僕は一緒に曲を作りたいと思った。ＥＴ－ＫＩＮＧの曲を通して結婚というものを僕なりに表現した曲。

人はなぜ結婚するのか？　結婚の良さというのは何なのか？　離婚率が30％を超えたこの日本で結婚する意味って何なのか??

イトキンさんと話して、タイトルは「スピーチ！！」にしました。誰かの結婚式でもし、スピーチを頼まれたときに、スピーチってめちゃくちゃ困りません？　笑わせようと思うとスベるし、いい話しようと思ってもうまいことといかない。そんな人達がスピーチの代わりに歌えるような曲。２０１２年の結婚10年の記念のパーティーを開いた時に妻がみんなの前で言った言葉をもとに作りました。

結婚ってなんなのか？　結婚してから11年目、妻が僕に教えてくれたこと。時には激しく、時には僕の落ち込んだ背中をさすりながら……。

そんな妻への感謝の思いを込めて書いた歌詞をここに掲載させていただきます。

ET−KING
スピーチ!!

作詞:鈴木おさむ

結婚おめでとう
でもそれ以上の言葉って
なかなか見つからへんから
口べたなので歌にします

結婚したら二人になるから
幸せは二倍になって
辛いことは二人でいるから
半分に減るって言うけど
僕はそんなもんは嘘やと思うんです
辛いこともきっと二倍になってしまう
だから

愛する人が悲しんだなら
一緒にいっぱい悲しんであげよう
愛する人が怒ったなら
一緒にいっぱい怒ってあげよう

今日がどんなにハッピーだって
今日という日はゴールじゃない
今日から始まる二人の人生
ハッピーばかりじゃきっとない
でも、一緒に怒って泣いて
二人で二倍の涙を流そう
そしたらその後一緒に笑えたときに
小さな喜びで抱きあえる

結婚したら二人になるから
ええことばかりが起きて

笑い声が絶えない家庭を
作れることを願っています
そんなことゆうけれども
無理だと思うんです。
ええことばっかりやったら
二人でおる意味ないやんけ

愛する人がつまずいたなら
一緒に手を取りつまずいてあげよう
愛する人が眠れなかったら
一緒に手を取り見守ってあげよう

今日から始まる二人の人生
ラッキーばかりじゃきっとない
大きな幸せつかみたいけど
できないときもきっとある

でも、小さな幸せつかむ努力をしたなら
なんとかできるはず
それから、小さな幸せ二人でつかもう
チリの幸せも山になる

今日がどんなにハッピーだって
今日という日はゴールじゃない
今日から始まる二人の人生
ハッピーばかりじゃきっとない
でも一緒に怒って泣いて
二人で二倍の涙を流そう
そしたらその後一緒に笑えたときに
小さな喜びで抱き合える

これが僕からのスピーチ

妻よこんな歌詞が書けました。ありがとう。皆さんも良かったら聞いてください。

※ＴＥＮＮさんのご冥福をお祈りします。

第3章

妊活ダイアリー

後編

ここからはダイアリー
形式も交えながら、
妊娠してから出産にいたる
までの様々なことと、
その思い。

□妊娠11週目　2014年11月25日

妻が母子手帳を貰ってきた。凄く嬉しそうだ。3度目の妊娠で初めて母子手帳を貰ってきた。母子手帳を眺めて嬉しそうな表情をする妻だが、その顔を見て、嬉しい気持ちと、正直な所、苦しい気持ちも湧く。不安という気持ちなのだろうが。この妻の笑顔が悲しい顔になることなく、悲しい思いでこの母子手帳を見つめることがないよう、心の中で願う。

僕よりも妻の方が不安は何倍もあるわけで、だけど、今はこの母子手帳を貰うところまで来たことへの喜びと感謝で心を埋める。

一日一日が経つのが遅い。大人になると年々一日の速さに驚くものだが、妊娠が分かってからというもの、一日が過ぎるのが遅すぎる。とにかく安定期に早く入ってくれと願う。朝起きたら、安定期になってないかなとか思ったりもする。

□妊娠12週目　11月28日

妻の為に何か出来ることがないかと考える。考えた結果、スーパーに買い物に行くときに使える買い物カートを購入。ネットで妊婦さん用の買い物カートが出てきたので、これだったら野菜などを沢山買っても、転がしながら帰ってくることが出来ると思い、購入。

この日届いたカートをテンション高めに妻に見せるが、正直、ちょっとダサめのデザインからか、妻は「ありがとう」と言うが、そのリアクションを見て、僕は心の中で「あ、これあんまり使わなそうだな」と思う（＊案の定、2015年になっても使う様子は見られなかった）。こういう妊婦さん用のカートで安くてもっとデザインが可愛いものがあればいいのにと勝手に思う。妻がとにかく無事に安定期に突入するために、何か出来ないかと妻に聞いたところ、「風呂掃除をお願いしたい」と言われて、自分がお風呂から出た後にお風呂掃除を始める。

奥さんが妊娠すると旦那さんがお風呂掃除をするというのは超あるあるで聞いたことあるが、そのあるあるに自分も足を踏み入れた瞬間、嬉しさがにじむが、実際に風呂を洗ってみると、すぐに腰が痛くなり、自分の42歳という年齢を実感。夫が風呂掃除用に使えるもっといい道具がないのか？　と考えてしまう。買い物カートもそうだが、すぐに何か新商品などを考えてしまう。職業病だな。

□妊娠14週目　12月12日

妻と健診に行った。過去2回、妊娠した時には、僕は最初から一緒に病院に行っていた。

1度目の妊娠の時。最初の健診に行き、2回目の健診にも一緒に行き。3回目は「今日は行かなくても大丈夫だね」と言って、妻を見送った。30分ほど経った頃、妻から電話がかかってきて、出たら妻が泣いていて、何が起きたかすぐに分かった。

2度目の妊娠の時も。最初と2回目の健診には行けたが、3回目は仕事の都合で一緒に行けず。会議中、妻から報告の電話も連絡もなく。超大事な会議だったのに気が気じゃなく。

1時間以上経って電話があり、妻は泣いていた。

2度とも3回目の健診の時に一緒に行けず、そこで残念だったことが分かった。だから、今回、妊娠が分かってから一緒に病院に行くのを勝手に悩んだ。最初一緒に行って、途中、行けない時があったら、そこでまた同じことが起きたら……と考えてしまい。そこでまた妻が悲しい思いをしちゃうんじゃないかっていう気持ちがあり。ネガティブなゲン担ぎになってしまうというか。なので今回は最初から僕は行かなかった。行くのが怖いという気持ちもあった。

そして今日。その時間、行こうと思えば一緒に行けた。今回の妊娠で3度目の健診。妻が「一緒に行ってほしい」と言ってきた。僕の思いを話した。今回、なんで一緒に行ってないかを。でも、妻は付いていきてほしいと言った。だから行くことに決めた。妻の目が寂しそうに見えた。病院に入った。

その病院は妻が最初に妊娠した時に行った病院。先生に会ったのは、妻が流産が分かって、その手術をした時以来だった。先生は僕の目を見て笑顔で「久しぶりだね。おめでとうだね。今回は大丈夫！」と力強く言ってくれた。先生の言葉ってすごいな。

目の前で健診が始まった。どうしよう。子供の反応がなかったら。そのことばっかり考えていた。先生がエコー検査を始める。

目の前のモニターに、動く子供が見えた。動いていた。小さな体をしっかり動かしていた。沢山の不安が一気に動く命に変わっていった。僕よりも妻の方が何倍もドキドキしているはずだ。

妻が「動いてる。かわいいね」と言った。

妻と同じ経験をしてる人、悲しい経験をしてる人も沢山いて、そういう人たちは健診の度にこの不安と戦い、そして心音が聞こえてその姿が見えた時に希望に変わっているのだろう。

行ってよかった。だからこの日から、健診は毎回行くと決めて、自分のスケジュールに合わせてもらうことにした。妻が仕事していたら、僕のスケジュールに合わせることは出来なかっただろう。妊活休業を取ると、こういうところにも利点があると気づく。

健診に行くたびに、自分の中での不安が希望に変わり、妻の顔の不安が希望と未来に変わる。それを見ることが出来るのがすごく嬉しい。

□妊娠16週目　12月27日

妊娠してから16週目に入る。安定期と言うやつだ。

安定期に入った日、妻と家で「安定期、おめでとーーー」と言い合った。やっと安定期に入った。ここまで来た。が、この週に健診に行ってるわけでもなく、妻が胎動を感じているわけでもないので、安定期に入ったという喜びはあるが、１２０％の気持ちで喜びを感じていられないのも事実。だけどとにかく、まずは、めでたい。

僕は自分の親には子供が出来たことは言ってなかった。安定期になったら言おうと。

過去2回の経験から、妊娠したことの報告はめでたいばかりだが、やはり、残念なことになった時にその報告をしている妻の姿が悲しすぎる。

妻は自分の親には言っていたが、僕は安定期に入り、正月があけてから言おうと決めていた。

この日、妻は体重が2キロ増えていた。元々妻は太っているため、厳しい体重制限があった。産むまでに4キロしか太ってはいけません！　と言われていた。通常、10キロくらい太る人は沢山いて、僕の知り合いは、17キロも増えていた。その中で4キロとはかなり厳しい体重制限だが、2キロ増えた体重を見て、命の重みを感じると同時に妻は「あと2キロしか太っちゃいけないんだ」と不安になる。

□妊娠16週目　12月29日

戌の日。日本には古くから、妊娠5か月目に入った最初の戌の日に、妊婦さんが腹帯を巻いて安産祈願のお参りをする風習があるとのことで、妻が村上と友達と一緒に水天宮に行き、お参りして腹帯を買ってきた。家に帰ってきて、腹帯を一緒に巻いた。

妻は太っているため、妊娠してもお腹が出てきた感じがあまりなかったが、腹帯を巻くと、真ん中がポッコリと浮いた。そこに「存在している」ことを感じた。

帯のおかげだ。帯よ、ありがとう。

妻のお腹の中で元気に成長してることを願う２０１４年の年末。

□2015年　お正月

2015年、妻が安定期に突入して、お正月を迎える。

毎年旅行に行っていることが多いが、今年は旅行にはいかずにお正月を過ごすことにする。年明け早々のある夜、妻が出かけて戻ってきた。ソファーに座った妻は「さっきお店でご飯してる時にうんこ漏らしちゃったんだよね」と言った。トイレに駆け込み、とりあえずケツを拭き、ケツにティッシュを挟んで帰ってきたのだという。

それをソファーに座って、まるでカフェでお茶でもしてるかのようにゆったりと話す。そんなゆったりと話している場合ではない。だってケツにはティッシュが挟まっている応急処置状態なんだから。

新年、さっそく妻が肛門をゆるめ、僕の顔をゆるめて笑顔にさせてくれる。さすがだ。なかなかほかの妊婦さんにはなさそうなお正月。

2015年のお正月は僕の千葉の実家に妻とちょっとだけ帰った。2014年の9月に妻は久々にお墓参りに来た。そこで妊活に入った報告と、「よろしくお願いします」という気持ちを込めて夫婦で先祖に手を合わせたのだが、その数週間後に妊娠したので、そのご報告とお礼のお墓参りが一番の目的。

それと、僕の親への妊娠の報告。実家に帰り、キッチンで料理している母に僕の口から話した。「妻が妊娠した」と。すると母は「おめでとーーー。良かったじゃない」と喜んでくれたのだが、

10秒ほどすると、「そういえば、明後日〇〇さん、帰ってくるってさ」といきなり議題を差し替えられたので、イラっとする。もうちょっと喜べよ！　喜びを体で表現してくれよ！　と思うが、過去2回残念なことになっているので、母親なりの照れなのだろうとポジティブに考える。いや、きっとそうだ。

妊娠の報告というのは、伝える人によってその温度がまったく違うからそこもまたおもしろい。

□1月13日

妻の35回目の誕生日。妊婦である妻に何をあげようか、色々と考えてみた。今、必要なもの、今、もらって嬉しいものがいいだろうと何日も考えてみる。

ネットで色々と調べてみた。妊婦さんがもらって嬉しいプレゼントは何かと。しばらく検索してると、「写真立て」と出てきた。僕は妊婦さんに写真立てをあげるという選択肢は頭になかった。だって、「もしも」のことがあったら、それは悲しき思い出になってしまうから。

だけど、妊婦さんが貰って嬉しいプレゼントに写真立て。しかもそれは普通の写真たてではなかった。エコー写真を飾ることの出来る写真立て。

何種類かあったが、僕が一番素敵だと思ったのは、本のサイズくらいの写真立てに、ポップな絵で描かれた妊婦さんがいる。その妊婦さんのお腹の所に卵くらいの穴が空いている。そう、その穴の所に裏からエコー写真を入れて出来上がり。写真立てのイラストの妊婦さんのお腹には自分の妻のエコー写真。なんて素敵なことを考える人がいるのだと感心。そしてそんなことを考えるシャレオツ魂に嫉妬もしたり。

一つはそれに決定。そしてもう一つ。妊婦さんが貰って嬉しいプレゼントに、抱き枕と出てきた。お腹が大きくなると、寝るのが難しくなる。だけど、抱き枕があれば、それを抱き抱えて体が固定しやすいと。なるほど、それはいい。

抱き枕も色々調べてみると、3メートル近い超ロング抱き枕がある。これだ！　と思った。それね、まず、ベットにUの字に置く。そのUの真ん中にスポっと体が入るように寝る。すると、抱き枕を動かすことなく、右にも左にも寝返った場所に抱き枕があるのだ。お値段少々張りましたが、これは最高のプレゼントだと購入。

エコー写真を入れる写真立てとU字ロング抱き枕。妻に渡すとかなり喜んでくれた（＊その後、U字抱き枕はかなり重宝してくれたようです）。

プレゼントの達人でもある妻から合格をもらえたようで安心。僕もなかなか成長したのではないかと自分で自分をほめたりする妻の誕生日。

□妊娠19週目　1月15日

戌の日の腹帯を巻いた時にお腹のでっぱりを認識してから、お腹が膨らんでいくのがわかるようになった。もともと体脂肪高め（いや、かなり高い）で、お腹が膨らんでいる妻ですが、1月に入ってからはお腹の膨らんでいくのが認識出来るようになった。

だけど、ここ数日、妻が日々ちょっとずつ感じていたお腹の膨らみが止まり、妻は不安がっている。「大丈夫か?」と。こういうときに「大丈夫だよ」と簡単に言うことは出来ないが、安心させてあげたい。どう言ってあげたらいいのだろう。結局「大丈夫だよ」と言ってお腹をさすり、お腹の子に心の中でお願いをする「お母さんを悲しませないでくれよーー! 頼むぞーー!」と。

□**妊娠19週目** 1月21日
妻が「お腹がポコポコって動くんだよね。これって胎動かな」と言った。

ここ数日の不安が消えた……と思ったのもつかの間。それは妻の大腸が激しく動き、便秘が解消。初めての胎動だと思ったら、便通だった。胎動じゃなくて便通!? と思いながらも、妻の便秘がちょっと解消されたことに感謝することにした。

この日の夜、妻が寝ていてうなされている。やはり不安なのだ。背中や体をさすってあげる。早くこの不安をぬぐってあげたい。

□**妊娠20週目** 1月23日
20週目と0日、6か月突入。正直、この日、病院に行くときはドキドキした。成長が止まっている気がしたのと、妻がうなされる日が続いてたので、ネガティブな「もしも」が頭をよぎる。

だけど、僕の数百倍、妻の方が不安だろう。不安を口に出さないようにして、笑顔に変換して病院に行く。

健診開始。「もし心音が聞こえなかったら」。その不安をかっ飛ばすように、心音が聞こえて、エコーで顔を見せる。妻の「よかったー」の声。

しかも。先生が健診中「足が一本、二本。ん？　真ん中に小さい奴。男の子だね」と言ってしまう。そして「あ、言っちゃった」。

いっさいの盛り上げもない性別発表。だけど、そのここ数日の不安があった分、さらっとした発表が余計に嬉しさを演出する。

そして、何より、夫婦で絶対「女の子だ」と思っていた。根拠はないけど女の子だと思っていた。元気に産まれてきてくれれば男の子でも女の子でもどっちでも良かった。だけど女の子の気がしてた分、余計に驚く。

男の子だと言われて、実感がわかないが、体の芯に新しい嬉しさの種をまかれた感じがして。良かった。とにかく良かった。性別発表を一緒に聞くことが出来て同じ温度で驚けることは夫婦にとって宝だ。

□妊娠20週目　1月24日

病院で健診して元気だとわかったことがきっかけだからか？　妻がお腹に「ぴょんぴょん」と

いう感覚を感じると言った。大腸の便ではない。今回は。「ぴょんぴょん」と。これが妻の初胎動。ドラマや映画だと、初胎動って「うわ、動いたーーー」とか言ってるからそういうものかと思ってたら、そうでもない。だけど、このわかりにくさが命の小ささを感じさせて、そして胎動がちょっとずつ大きくなっていくごとに、命の成長を感じさせるのだろう。

初胎動をくれた子供に感謝。

妊娠報告の夜に。

２０１５年2月15日。妻が妊娠したことを世間に報告させていただきます。妊娠が分かったのは２０１４年10月。人工授精により、妊娠することが出来たのです。

タイミング法を2回行い、そこから人工授精に移行し、１回目の人工授精での妊娠。２０１４年9月、10月、11月、12月と、年内は人工授精でやってみて、それでダメだったら２０１５年から体外受精をやってみようと話していました。人工授精の成功率とか考えると、１回で妊娠できるとは思っていませんでした。

だから驚きました。妻の場合は、妊活休業に入り、子宮筋腫の手術をして、仕事も休み、体もメンタルも整えていたから、１回目の人工授精で妊娠することが出来たのかなと思ったりしています。

正直、妊娠検査薬で妊娠が分かった日、嬉しい気持ちも当然ありましたが、複雑な気持ちもありました。妻は過去に2回流産しています。2回とも自然妊娠で、しかも2回目の妊娠の時は双子の子でした。３人の子供の命が妻のお腹に宿ったという経験。

この経験は、今回の妊娠を聞いた時に、嬉しい気持ちもある反面、正直、また妻に悲しい思いをさせたくない！　という気持ちが大きかったのも事実でした。おそらく僕以上に妻の方が、その気持ちはあったはずです。1回目の妊娠の時には、検査薬が陽性だとわかった瞬間、ただただ二人で大きな声を出して喜んで抱き合ったのを覚えています。悲しい経験というのは人を臆病にします。だけど臆病が悪いことではありません。臆病になることによって、より慎重になるし、慎重になることによって、勉強をしていきます。

何回か考えました。一度も悲しい経験がなく、妊娠して出産したら、もちろん不安はあるとは思いますが、悲しい経験をした人たちよりは、臆病にはならずに済むのかなとか。だけど、そういう経験があるからこそ、特に、旦那さんが慎重になれるはずだし、一日をゆっくり噛みしめていけるんじゃないかと思うんです。

今回の妊娠がわかり、とにかく安定期が来るまで時間が経つのが遅かったんですよね。それまで、お腹の子供のこともちろんですが、まずは妻に悲しい思いをさせたくない自分がいる。「もし、そうなったら、妻になんて言ってあげよう」とネガティブシミュレーションしてしまう自分がいる。だけど、そういう気持ちがあるからこそ、一日ごと「今日は大丈夫だった」とスタンプを押されている気がして、それがうれしい。

2014年年末に安定期に入り、そして、2015年2月3日、僕の後厄が終わってから世間に発表するのがいいとアドバイスを受けました。これは、偶然にも、易学に詳しい人とか、人の気を見るマッサージ師さんとか鍼の先生とか、みんなが「2月3日以降がいいよ！」と言ったので、こういうのは信じようということで厄明けにしたんです。

世間に発表するときに、妻と話して、人工授精による妊娠であることも言うことにしました。

発表前、知人にそのことを話した時に「そのことまで言わない方がいいのではないか？」という人も周りにいました。その気持ちもわかります。だけどね、妻が妊活休業と世間に公表し、妊活を行っている以上、隠すことではないと思い、発表しました。何かの力を借りての妊娠でも、その時にお互いを愛しむ気持ちがあるかどうかが大切であり、だから、僕らには罪悪感もなければ、後ろめたい気持ちもまったくありません。もし、世間で、人工授精、体外受精による妊娠で、少しでも後ろめたい気持ちを持っている人たちがポジティブになってくれたらいいなと勝手に思ったりして。

このエッセイを書いているのは2月15日の夜です。これから世間に発表になります。そんな今の気持ちを書きます。

妻へ

ようやく今日、世間に発表することが出来るね。今まで妊娠した時に世間に発表したのは悲しい時だったね。だけど今日は嬉しい報告が出来るね。

３度目の妊娠で、初めて母子手帳も受け取ることが出来たね。毎日、胎動を感じた時に、みぃが「今、動いてるよ」と嬉しそうに報告してくれる顔が僕は大好きです。

これから出産予定日まであと4か月近くあるね。

妊娠がわかってから、しばらくはその実感がわかなかったけど、最近ようやく感じています。

２人じゃなくてもう、３人なんだなと。みぃがママに、僕がパパになるまでの準備期間。不安がないかと言われれば、そんなことはない。だけど、僕以上にみぃの方が不安は大きいはずです。その不安が少しでも希望に代わるよう、毎日を大切に大切に、過ごしていけますように。

みぃが元気に元気な赤ちゃんを出産できますように。

おさむ　２０１５年2月15日　夜

妻に寄り添う「添活《そいかつ》」を！

僕は毎日ブログを書いています。ブログは毎回読者への投げかけで終わります。そこには沢山のコメントが寄せられます。妻が妊娠してからも、色んな気持ちをそこで書き、そしてそれに対して読者の方から色んな言葉をもらえました。

妊娠を発表してすぐ、ブログの読者の方からの質問でとても多かったのが「妊活のために何をしましたか？」という質問でした。妻に聞いてみると「沢山あるな～」と言いながらも「一番はバランスのいい食事かな！」でした。以前の妻からしたら考えられません。

暇さえあれば肉・肉・肉。おでこに「肉」と書くべきはキン肉マンなのではなく、妻なのではないかとさえ思っていたのに、そんな妻から出た言葉が「バランスのいい食事」。

たしかに、妻はあまり魚を食べるのが好きではなかったのですが、妊活に入って朝ご飯を作るようになってからは、魚を食べるようになりました。僕が不思議なのは、『イッテQ！』で、タランチュラ、蜘蛛食ってたんですよ。タランチュラを、白子みたいで、うまい！　って言ってた妻ですよ。なのに、魚が食えないってどういうことだ！　と思うんですが。

でも、それは栃木の山の奥、海の魚とは遠い生活をしてきたせいなのかもしれません。魚をさわるのも苦手で、キッチンで魚を焼くと、焼いた後の掃除も面倒で、そこも魚を焼かなかった理由の一つ。ですが、ある時、魚を焼ける蓋付きの魚焼きフライパンのようなものを知って購入。これね、魚をのせると、蓋のようなものも付いてて、カパっと被せて、匂いがあまり漏れないような構造になってるんです。掃除も簡単。それを購入したこともあり、魚を焼く機会が多くなり、魚も食べられるようになりました。

僕は便利なミキサーの存在を知ってから野菜をかなり取るようになりましたが、苦手なものを食べるようになるのって、ちょっとした調理器具を知ったりすることでだいぶ変わるんだなと思ってます。自分の生活スタイルに合った取り方を知ることが大事だなと。

魚だけじゃなく、野菜も前より食べるようになり、あらためて「バランスのいい食事は大事なんだな～」と我が家のキン肉マンは言ってました。

ブログの質問の中には「妊活休業を取ってプレッシャーになりませんでしたか？」的意見もありました。これね、周りにもいました。「私も妊活休業考えたんですけど、逆に、子作りのことだけがプレッシャーになっちゃうんじゃないかと思って」と。

このことを妻に聞いてみたら、「妊活休業を取ってすごく良かったことがある」と言いました。妻が声を大にして言ったこと。それは。

会いたくない人には会わない！

会いたい人にだけ会う！

これです。確かに。仕事してると、好きな人だけじゃないし、嫌いまで行かなくても、あんまり会いたくない人いますもんね。苦手な人も沢山いる。僕だっていまず。1個の会議行ったら、嫌いじゃなくても苦手だなと感じる人は1人はいますよね。そういう人と会うことによってね、小さなストレスって沢山たまっていくんですよね。

妻は「会いたくない人に会わない生活をしただけで、こんだけストレス感じないんだ！」と言ってました。それだけに妊活休業を取れるように動いてくれたみなさんに、本当に感謝なんですけどね。

そして。ブログのコメントにお説教されたこともあります。ある日のブログに、僕が妻のつわりについて書いたことがあるんです。妻のつわりが軽くて良かった的なこと。そしたらね、結構な数の人から、「旦那が奥さんのつわりを、軽いとか重いとかジャッジすべきじゃない」と説教されました。でも、そのお説教の言葉を見て、ハッとしました。確かにそうです。妻は自分で「軽い」とは言ってたけど、そのつわり自体を自分が経験してるわけじゃないですからね。男性の勃起がどんな感じなのかを一生懸命説明したって、それは伝わりません。

今、また「勃起」にたとえようとした自分を反省します。忘れてください。

とにかくね、その苦しみが分かるわけないんですよね。

皆さんのコメント見てたら、つわりの時期は、「がんばってとか言わないでほしい」「抱きしめてほしい」「共感してほしい」という言葉が多かった。そして、「寄り添っていてほしい」と。寄り添うことって簡単なようで難しい。人間って横にいると自分の意見を言いたくなる。

でも、そこに自分の意見はいらない。そっと寄り添う。妻が妊娠してつわりになっても、夫は何もすることが出来ない。その辛さを体験することは出来ない。だから寄り添う。

その皆さんの言葉を聞いてね、育活、妊活とかいろいろ言葉ありますが、旦那さんの「添活（そいかつ）」という言葉を作り、推奨していかなきゃいけないなと思ったんです。妊娠中の妻、出産後の妻に寄り添うように努力する「添活」。

ブログにコメントをくれた皆さんのおかげで気づけました。寄り添うことって難しい。寄り添うことは簡単そうで簡単じゃない。意識的にそっと寄り添ってあげる。だから、寄り添っていかなきゃいけない。奥さんとの距離を見計らって。

世の中の旦那さん。意識して「添活（そいかつ）」していきましょう。

□妊娠24週目　2月21日

妊娠7か月目に入った。ネットなどで、8か月までくれば今の日本の医療だったら産まれても大丈夫な状態になるとか書いてある記事や情報を色々見たりして。知人からそんなことも聞いたことあったりして。

妻はUAEという方法で子宮筋腫の手術をしているが、知人の産婦人科医が、UAEは早産になる可能性があるとも言われているという情報を伝えてきた。医者が100人いれば100通りの考えがあるんだろうけど。そのことがずっと頭の隅に粘着性を帯びて着いているので、とにかく8か月になってくれ！　と願って7か月まで来る。

妻の周りにはポジティブな情報を入れてくれる人が沢山いるため、非常に助かる。

不安を期待と希望に変えて。一日ずつ。

□妊娠24週目　2月26日

僕はこれまでの人生で色んなことを経験させてもらってます。普通の人だったら経験出来てないこともさせていただいてる。テレビ番組を作るということ自体が、まさにそうだし、それ以上に、交際日0日で妻と結婚してしまったことも、世の中の人はあまり、いや普通ならば経験しないことだと思います。

僕は20代で、親が抱えてしまった借金を返すことになりました。ギャンブルとかやるわけでもなかった父が、色んな理由で商売がうまくいかない時があり、その時の借金が想像以上に膨らんでしまい、僕は20代中盤からその借金を親と返していくことになりました。妻と結婚して2年ほど経ったくらいにそれは完済出来た。完済寸前の頃から妻がいてくれたのは良かった。自分の人生のある意味のゴールを妻の横で迎えられたから。あの日の夜は家で乾杯したのを覚えている。

当時は本当にしんどくて、自分の仕事で稼いだお金もどんどん無くなっていくことへの恐怖とかあって、今思い返しても数年間、精神状態がネガティブからくる、ハイだったのかなと思う。そういう状態に持っていかないとやっていけないというか。

でも、その体験のおかげで、お金に対する考え方が変わったと思いますし、お金というものに割り切れるようになったし、結果、マイナスをプラスに変えていくメンタルの癖がついたし、いい経験させてもらったと親に感謝している。

そして。僕の姉は2人子供がいるのですが、下の子が障がいを抱えています。中学生の年齢だけど、喋ることは出来ない。

姉は昔からとても明るく、そのポジティブな力で一生懸命その子を育てています。僕にはほぼ弱音を吐きません。その姿に姉を心から尊敬しています。妻以外で一番尊敬する人を挙げるなら姉です。

姉が障がいを持つ子供を育てている姿を見たり、その姉の言葉を生で聞くことにより、障がいを持つ子供、親、家族に対して、自分の考え方も変わったし、色んなことを学べました。

姉の2人目の子供はかなりの早産で、産まれた時から、生きるか死ぬか。緊急手術。あるとき姉が言ったんです。「気づいたら、この子は産まれたときからおめでとうと言われたことがないんだよね」と。

ふと、姉のこれまでの生き方、子供を産み、子供を育ててきた姿を思い出して、子供を産み、育てることとはどういうことなのか？　考える自分がいる。

お父さん、お母さん、姉。感謝です。

色んな話を聞いて勉強できる環境にあります。そんな僕ですが、妻が子供を産む……というかなりの数の人が経験していることを経験しようとしています。

色んな経験をしてきた僕ですが、毎朝、妻が笑顔でベッドから起きて笑顔でお腹をさするたびに「良かった」と心から思えます。なんか、今日の判子を貰えた気になります。

この経験によって、たとえば、妊婦さんがお腹をさすりながら街を歩いていたりとか、重そうな体を大切に歩いてる妊婦さんの姿を見て、感じる思いが変わりました。

たとえば、今まであまり気になってなかったマタハラのニュースが耳に入ってくると、沸いてくる感情が違います。かけているめがねが違うというか、なんだか日々いろいろな目線が変わってきている気がします。

自分の親のことや姉のこと、これから僕が経験していくことにより、また考え方も大きく変わっていくのかなと感じたりします。体験することはすごいことだ。

そんなことを書いてみたかった今日。

□妊娠25週目　2月28日

妊娠してから妻があるものにかなり過敏になりました。それはゲップです。僕が意識的に出してるわけではありませんが、僕から出るゲップがたまらなくイヤになったみたいです。

これは妊娠あるあるみたいですね。ゲップだけでなく、旦那さんのにおいなんかもイヤになる人がいるみたいで。今書いててふと思ったのですが、「におい」って漢字で書くと「匂い」と「臭い」があって、ここで奥様が感じる「におい」は「臭い」なんでしょうね。

この妻のゲップ嫌いが出るまでは、僕ら夫婦、お互いゲップしあうし、おならもしあう。それで笑っている幸せな光景があったわけですが、妊娠してから、僕のゲップが大嫌いになり、ゲップパトロールがかなり厳しい。

僕は逆流性食道炎という病気を長年持っていて、胃液が逆流してきて、ゲップが出やすい体質。そんな僕にゲップパトロールは厳しい。

どんなに小さなゲップでも見逃しません。しかもゲップが出そうな瞬間まで見つめている。その時に「我慢して」って言えばいいのに、もはや取り締まるのを楽しみにしているような顔も伺える。

でも一番疑問なのは、ゲップがこれだけイヤなのに、おならは問題ないところ。問題ないどころかおならを出すと「よ!!」とか言って大歓迎。

本当に妊婦さんの体は不思議です。ゲップが嫌いになった代わりに、好きになったものも。妊娠すると今まで嫌いだった食べ物が好きになるとか言いますが、妻は嫌いではなかったけど進んでは食べなかった魚を欲するようになり、あまり好きな方ではなかったというイチゴを最近、好んで食べるようになりました。

ただ、妻は好き嫌いが多い。生の魚、パプリカ、わさびに辛子。このどれか一個でも、食べられるようになってくれたら僕が好きな御飯との共通点も出来るので嬉しいのですが。

果たしてこの先変わってくるのか? 期待。あ、ゲップ出そう。

□妊娠27週目　3月13日

出生前診断。以前、ドラマ「生まれる。」を書いた時にこの出生前診断をするかしないか? というテーマを入れ込んだ。

あのドラマを書いた時は2011年。たった4年ほどでその技術も進化した。

妊娠している状態でお腹に注射をして羊水を取り、検査する方法がかなり知られていますが、針で母体を傷つけて、流産のリスクを高めたりするとも言われていたり。だから検査するかどうかも躊躇する人が多いのだが、最近は新型出生前診断と言われる方法で、母体から採取した血液で胎児の染色体異常(染色体異常という言葉も個人的には好きではない)を調べることが出来、母体への負担も少なく、診断精度も80〜90％あると聞く。

出生前診断により、いわゆるダウン症の可能性があるかどうかを調べることが出来る。

僕は出生前診断反対派だ。断固として。命の選別などしていいはずがない。絶対に。と思っていた。

が、最近、僕の知り合いで40歳を越えて妊娠した女性がいる。初産で、子供を作るという選択肢はなかったのだけれど、僕の話を聞いて、やはりチャレンジしてみよう！　と思い、体外受精を行い、妊娠できたのだという。その話を彼女に聞いたときに、自分のことのように嬉しかった。

でも、彼女が働いているお店で数日前に会ったとき。お腹の子は元気だが、彼女ははっきりと言った。「近いうちに出生前診断をします」と。

彼女は夫婦ともに働いている。家計的に奥さんが家に入るという考えはないという。その中で、もし生まれてくる子供がダウン症だったら、自分たちには家計的にも養っていける余裕がないからと言った。彼女の親戚にはダウン症の子がいるらしく、その母親を近くで見ていたからこそ、そう思うのだという。

出生前診断に対して、反対であるという気持ちは今でも変わらない。が、彼女の言葉を聞いたときに、「それはかわいそうだよ」とか「だったらなんで子供作ったの？」と言えない自分がいた。

子供がほしい。技術の進歩で高年齢でも妊娠できる時代になった。だけど、高年齢になればなるほど、リスクもある。

高年齢で子供を作るということは、それも含めて全部受け入れるということなんじゃないか？　その気持ちがないなら作るのが罪だ！　と言いたい気持ちもあるけど、言い切れない気持ちもある。

その話を聞き妻と話す。妻に「受けるつもりないよね？」と確認はした。妻は「うん」と即答した。もし何かあっても、すべてを受け止めようと話した。

でも、これが正義とは言わないし、言えない。

□妊娠28週目　3月22日

日曜日。家でゆっくりと台本を書いている最中に、便意を催し、トイレに入り大をした。ちなみに我が家は、お互いがトイレで大をしていても鍵をかけずに自由にトイレに出入りしていいルール。つまり大をしている所を見られてもいいというルール。

この法案を我が家で制定したのは妻だ。そもそも自分が大をしてるところなんて見られるのイヤだし、落ち着かない。が、結婚当初に妻が「愛してる人に大をしてるところを見られるのが嫌だというのはおかしい！」と世界の中心で叫びまして。「愛してるからこそ、そんなところも見せあえるのではないか！？」と世界の中心で叫ばれまして。その法案が強引に導入されて、それ以来それに従っている。

この日、僕が大をしてたわけですよ。そしたら妻がいきなり扉を開けて入ってきたんです。この時点でウェルカムかどうかと言えばウェルカムではない。けど仕方ない。

僕が大をしているトイレに入ってきた妻の右手にはカップケーキがある。妻は興奮気味に「このカップケーキ超おいしい」と言っている。誰かに貰ったのだとか。そもそも、綺麗好きな癖に、よくぞ、夫が大してるところにカップケーキ持って入ってくるなと思って。

すると、妻は「これ、本当においしいんだよ」と言って、カップケーキをちぎる。そのちぎったカップケーキ、妻が自分で食べる感じじゃない。

右手に持ったちぎったカップケーキが３Ｄ映画のように僕に近づいてくる。もしかして？ 嘘でしょ？ もしかして？ マジで？ もしかして？

そうです。大をしている僕の口にカップケーキを差し出して言うのです。「うまいから食ってみて」と。僕が「うんこしながら食べられないよーーー」と言うと、妻は「いいから一口食ってみ！ うまいんだから」とひかない。僕は「今、出してるんだから入れたくないの」と言うが「おいしいから食べてみなって」と興奮状態。

仕方なく僕が口に入れると、妻は「どう？ おいしいでしょ？」と言ったけど、大をしている状態で口に入れてもなんだか味覚が働かない。

だけど、「おいしい」と言わないと2口目がきそうなので、僕が「うん、おいしい」と大人の嘘をつくと、妻はご機嫌に出て行ってくれた。

正直、もっと嫌がりたかった。っていうか、食べたくなかった。だけどね、妻のお腹には赤ちゃんいますからね。幸せな気持ちになってもらわないといけないいんじゃないか？ あんまり拒んだらよくないんじゃないかと思って口に入れましたよ。

まあ、そんな妻のおかげで、うんこしながらカップケーキを食べるという人生の初体験を出来た日曜日。

□妊娠30週目　4月3日

今日は30週目の健診でした。なんか30週目と聞き「大台に乗ったな」という気がする。

健診の度に先生がお腹の中の子供の顔を見せてくれる。月に一度、妻のお腹の中に妻と僕の子供がいるのだなと一番実感できる日。面会するような気持ち。

本日の我が子との面会。早く顔が見たい。と、先生が言った。「あれ？　逆子だね」と。

逆子？　よく聞く、あの逆子？

逆子になる時って、お腹の中で動いてる感とかあるんじゃないのか？

妻の中では逆子になっている感覚など全くなく。先生の言葉を聞き妻は「え！？」と驚く。

妻は自然分娩希望。だからなんとか逆子を直したい！

先生は力強く「絶対直るよ」と言い切ってくれる。「もし2週で直らなかった場合は外回転もあるから！」と言われた。この病院では先生が「外回転」という治療の名医らしい。僕はこの時初めて知ったのだが、外回転というのは、先生がお腹の上から逆子の子供を触って回転させる、そんな方法。すげー、忍者みてえ！　と関心してしまうが、そんな場合ではない。外回転をするとなれば、麻酔打ったり、結構大変。出来れば、外回転せずに治った方がいい。

逆子だとわかった妻は、そのまま診察台の上で逆子体操のレクチャーを受けました。レクチャーが始まり、まずはおなかを自分の手で触り、今どこにいるか確認しなければならない。

助産師さんに教わりながら、妻も自分のお腹を触る。しかし、そもそも妻は脂肪が厚いので、中々見つからない。「あれ？　これかな？　これかな？　わからないな」と呟く。そして「脂肪が多いんで、わかりにくいです」と言うと、助産師さんも、さすがにちょっと笑う。逆子と言われた後の初めての微笑ましい光景です！

手足をついて後ろ向きになり、逆子体操を教わる。逆子を直すためにはお灸が効果的であると聞き、それも教わる。

他人事という言葉がある。冷たい言葉に聞こえるが、自分が経験しない限り他人事なんじゃないかと思う。

過去に妻が流産の経験をした時に、「まさか自分の妻が」と思った。流産という悲しい経験をした人は少なくはない。周りにそういう人もいた。その話を聞いたときに「かわいそうだな」とは思うが、経験した今だからこそ思うのは、その時点では同情はするが他人事なのだ。

経験した時にこそ、他人事ではなく、同じ痛みを感じたものとして、寄り添える気がする。

僕はまだ両親が元気だ。病気にもなってないしボケてもない。だから、周りの人が親のそのようなことを話すと「大変だなー」とは思うが、多分、他人事なのだろう。だけど、そのような経験した瞬間に他人事ではなくなる。

逆子もまさにそう。本当によく聞く話だが「まさか自分たちが」とは思っていた。世の中で起こりうるあらゆる幸せと不幸せは誰にだって起きる可能性はあるのだ。

逆子だということを言われて、そんなことを考える。

なんとか2週間で逆子直したい！　妻よ、ファイトだ！

□妊娠30週目

この日、ショックなデータを知る。日本の死産率。死産とは、妊娠22週以降の胎児の死亡のことであり、安定期に入った後でも残念なことになる人が年間4000人以上もいる。僕の友人は、子供が産まれる時に首にヘソの緒がひっかかる事故で亡くなってしまった。

日本での死産率。ショックな数字。こういう数字を知らない方がいいかもという考え方もあるが、僕は妻の過去2回の流産、友人の子どもが生まれた時の死産、姉の妊娠7か月での早産などを見て、聞いてきているので、知っていた方がより注意と用心できると思う自分がいる。

そういう情報を知らずに、ただポジティブな思いだけで出産する人も沢山いる。素敵なことだと思う。だけど妊娠と出産は本当に何が起こるかわからないから、こういうことを胸に刻むことで、特に、旦那さんが知ることで、出産とは命がけ。産まれることが奇跡なのだ！　とより感じるようになるのではないかと思う。

産まれることは奇跡。

□妊娠30週目　4月9日

この日、妻が妊娠30週目にしてMRIの検査を受けることになった。2014年5月にUAEという方法で子宮筋腫の手術をしたのだが、とある産科医の先生は、UAEの手術による副作用とかを心配していて、知人づてに、そのことを妻に伝えた。

そういう情報が耳に入ると不安にはなる。そこで手術をした病院の先生に相談したところ、不安ならばMRI検査をしようと提案される。

最初にその話を聞いたときに、こんなにお腹が大きな状態でMRI検査なんてしてもいいのか？　と心配になる。ネットで調べてみると、「大丈夫」という意見と、たまに「心配」みたいな意見も。

検査を受ける病院は、今現在通っている産婦人科さんとは違うので、いつもの先生にMRI検査のことを聞いた。僕の口から聞いてみたところ、「大丈夫」とはっきり言われた。なにより、不安を取り除くことが一番大事なのだろう。

妻の子宮筋腫は子宮の中でも子宮頸部という、特にデリケートで、取り除く手術をするとなれば、難しい場所であろうところ。MRIの検査を受けることが心配でないわけではないが、とにかく妻の心配がなくなることを願う。

そして、本日検査。UAEによる手術で子宮筋腫も順調に小さくなっているし、問題ないとのこと。大きな不安が取り除かれて「安心」が戻る。

やはり妊娠というのは、人それぞれの体で違うし、過去に持っていた病気、治療や手術なんかが影響を与えることもあるのかもしれない。病院の先生によってもそれぞれ違うことを言うが、まずは一度信じた先生にその不安をすべて吐き出すことが大切なんだなとあらためて感じる。

このMRI検査の時に、逆子だった赤ちゃんが、なんと横位置になっていることが発覚。ちょっとずつ動いてなってくれたのか？　と信じることにした。

□妊娠32週目　4月17日

32週目、９か月目に突入したこの日。健診があり先生が言いました。「逆子直ったね」。やった！　やりました！　逆子になったと言われてから2週間、見事に直りました。

やりましたーーー！　妻よおめでとーーーー！

そしてお腹の子を褒めてあげたい！　よくぞターンしたなと！

この2週間を振り返り、何が一番効果あったのか？　を考えてみる。逆子体操は基本として、お灸はかなり効いてるんじゃないかと勝手に思ってますが、効果があったんではないか？と思ったものが一個ある。

それはブログのコメント欄にて沢山の方がおススメしてくれた方法。「話しかけ」。旦那さんがお腹に向かって、毎日「頭はこっちだからね」と話しかけたのが良かった！　と結構な人数の方が書いてくれまして。だからうちもやってみました。毎日、頭の方に向かって「頭は下だからね。頼むよ。でも無理するなよ。ゆっくりでいいからな。ゆっくり、回ってくれよ」と頭があるべき方向をトントンとたたき、話しかけ作戦です。でも、これ始めてちょっとたって横になり、2週間で見事治った。

これ言うと色んな人が笑うんですけどね、でも、話しかけ作戦した人も結構いて、その人たちと話すと、みんな話しかけ作戦はかなり効果あると思う！　と言うんです。これから逆子になったという方にはぜひ、旦那さんの話しかけ作戦をおススメしたい。

なにより、話しかけ作戦をするようになってからね、僕はかなり気持ちをこめてお腹の子と話すようになったわけです。それまでは「元気かなー？」とか話す言葉がかぶりまくる。だけど、逆子になってからははっきりと目的があって話しかけられるようになったわけですよ。そのおかげで、お腹の子との距離感がなんか縮まった気がします。

でも、先生は「羊水の量がちょっと多い」ということで、また逆子にならないことをお腹の中の子に願う。

とりあえず逆子が直って妻よ、おめでとう。お腹の中の子、グッジョブ！

□妊娠32週目　4月22日

妻は妊娠した時に、76・5キロ。もともとが太っているため、助産師さんに体重のプラスを「4キロまで」とかなり厳しく言われました。正直、「それは無理だろーー」と思っていましたが、今日現在、4キロ以内に抑えている。

24時間マラソンの時もそう思ったが、妻は大きな目的が出来た時には急にストイックになる。食欲をおさえながらも、決してダイエットにはならないように栄養を取り、プラス4キロ。助産師さんにも褒められています。

そして今日、家に帰ってきてから、妻のお腹に手を当てて話しかけていたら、ドクン！　と感じました。そうです。胎動。

僕が初めて妻のお腹で胎動を感じました。もっと「ぴょこん」としたものかと思っていたら、ドン！　と蹴飛ばされているような感覚。

女性はすごいですね。お腹の中で毎日あの動きを感じ、育てているんですね。

たまに下痢でお腹の中の大腸が動いたりして、ギュルギュルと動くだけで不安になるのに、そんなもんじゃないですね。っていうか、胎動を下痢の腸と比較したら怒られますね！！

お腹の中の子供とようやく、コールアンドレスポンス出来た気がする。

僕が胎動を手で感じたことに妻も喜ぶ。

□妊娠33週目　4月29日

妻は歩数計をつけてとにかく歩いてます。毎日一万歩近く歩く。体重制限が厳しいので、歩くことで体重増加をおさえている。

今日は4月29日。そろそろ本格的に決めなければいけない時期になってきたなと、名前。

この日ある人にメールをする。

僕は姓名判断とか結構気にするタイプなんです。以前、SMAP中居正広&香取慎吾の『サタ★スマ』という番組がありました。当初『サタスマ』という番組だったのですが、番組のリニューアルに伴い姓名判断の人に番組名を見てもらったら「すごく悪い」という結果に。

そこで、一画足す！　というアドバイスが出て、中黒塗りの「★」を入れることで11画となり、番組がそれとほぼ同時にしてすごくヒットしていった。もちろん番組の内容が変わり、企画が当たったからこそのヒットだとわかっている。が、スタッフ一同、これ以降、姓名判断を気にしたのも事実。

僕もかなり気にするようになりまして。僕の本名は「鈴木収」と言うのですが、僕の両親は姓名判断で名前を付けていました。その当時両親が、診てもらった人に「鈴木」に対して「四画」がいいと言われ、「収」「円」の候補を出し（どっちも金絡みだな）、「収」とつけたとか。

だからね、姓名判断、まったく気にしない人もいるけど、僕は気にしてしまう。だからお腹の中の子も、男の子か女の子かわからないころから、妻と名前を出し合って、姓名判断アプリで占っていました。「これいいじゃん!」と思うものに限って、姓名判断的にはよくなくて。

なんとなく、最初は「桃」って入れたいなと思い。桃色、桃寧、桃太、美桃、小桃、桃美とか、桃が入るやつを沢山考えたけど、姓名判断アプリ的には自分の名字も含めてもろもろハマらず。

今度は、字画逆算で考えてみるものの、なんかピンと来なくて。

そんな中、妻と話していた時に、ふと湧いてきた名前があるんです。妻は「福」という言葉に縁がある。『福福荘の福ちゃん』という映画で「福ちゃん」というおっさん役を演じ切り、賞までいただいた。去年飼い始めた亀にも妻は、形が大福みたいだからと、「大福」と名付けて、僕らは「福ちゃん」と呼んでいる。妻は「福って入ったらいいな」と言ったので、ベッドで寝る前に考えていたら、ふと僕の頭に降ってきた名前があった。

妻は芸人。僕は放送作家という「笑い」にかかわる職業をしている。だから「笑」という字と「福」という字を重ねてみる。「笑福」。笑福亭の「笑福」でもある。2文字で見てみると、すごくいい名前に見えてきて。「えふく」っていいなと思ったのだが、「えふく」よりも、「えふ」って呼ぶのがいいんじゃないかと思って、妻に提案。妻は「かわいいーー」と大賛成。「笑福」と書いて「えふ」と読む。外国の人もすぐに覚える呼び方。僕ら夫婦の子供にはピッタリじゃないかとテンション上がる。ここで考える。姓名判断、どうするか?

本当に気にいった名前なので、姓名判断して悪かったらどうしよう……と。見ない方がいいんじゃないかと思ったけど、後で悪いと知ったら、子供に申し訳ない気持ちにもなるかなと思い姓名判断アプリで調べることに。見る前に決めた。「すごく良くなくても、悪くなかったらこれにしよう」と。見てみた。まあまあ、というか結構良かった。

自分たちでひらめいた名前で「これいい！」と思った名前が偶然にも姓名判断アプリでも結構いいとジャッジされてさらにテンション上がる。

そしてこの日、一応の確認と思い、ゲッターズ飯田にメールしたのだ。名前を診てほしいと。

もちろん、そんなに悪くなければこれでいこう！　と思い。もう男の子だとわかっていたので、それも送ると、ゲッターズ飯田からも「結構いい」との返事が。

これで自信が持てた。自信を持って、お腹の中の子供を「笑福」と呼ぶ。お腹の中の子供にはこの2か月近く、「笑福」と呼んでいたし、もう気持ちは固まりました。

でも、いざ会ったら、気持ちが変わる場合もあるとは聞きますが。それはそれでいいとしよう。

ただ、僕はこの「笑福」という名前がすごく好きだ。僕が、この「笑福」という名前が今、すごく好きな理由がある。

その名前を呼んでいる妻が好きなんです。その名前を呼んでいる妻の顔。声。それが好き。

それがいい。

だからいい。

母親が幸せだったらそれはお腹の子供には伝わるはずなので。

自信を持って、今日からさらに小沢健二よりも『強い気持ち・強い愛』で呼んであげられます‼

だから。無事に……無事に元気に生まれてきてほしい！！

そして。妻が「笑福」と呼ぶ姿を見たい。

□妊娠34週目　5月2日

妻の足のむくみが結構ひどかった。象の足状態とはこのこと。

だけど、寝る時に足の位置とかすごく気をつけて対策を立てたせいか、今日はだいぶ違う。

足のむくみも落ち着いたので、今日は二人で1時間ほど、街をブラッとして、ランチを食べることにした。初めて入るこじゃれたレストラン。僕と妻は別々のものを頼むが、妻が頼んだオムライスがいじょうにうまそうに見える。

妻のうまそうな顔を見て羨ましそうに感じていると、一組の30代くらいの夫婦が近づいてきた。するると奥様らしき女性が、丁寧に声をかけてくれて、「出産もうすぐですね。応援してます」と言って手紙を渡していってくれたんです。

僕のブログやエッセイも見てくれているみたいで、店内で僕らを見つけた途端に手紙をささっと書いてくれた。そんで、帰りに渡していってくれたんです。そんなことまでしてくれて感謝です。ノートを破って即席で書いた手紙の表紙には「For you with love」と書いてあるじゃないですか。なんてかわいらしい。

まずは妻がオムライスを食べながら、手紙を開く。と、数秒たって、妻の動きが止まり、笑い出しました。いったいなぜ手紙を読んでそんなに笑うのか？

妻から手紙を渡してもらい、読んでみて、その理由がよくわかった。「妻の大ファンだ」と言って渡してくれた手紙には、かわいい文字で書いてあったんです。

鈴木おさむ様&優子様

そうです。うちの妻は大島です。大島美幸です。だけどそこには「優子」と書いてあった。

大島↓優子、と思ってしまったのでしょうか？

そこ以外のところは本当に丁寧で愛があふれている文章。

だけど、肝心の名前。うちの妻は美幸。だけど、書いてあったのは優子。

大島優子になっちゃってるよ――――――――――――――――！！

妻もずっと笑いが止まらない状態。

いや、確か妻は大島優子さんと同じ栃木出身だけど！！　だけど、妻は美幸です！！

あの女性は緊張して、多分、焦ってしまったのかな？

でも、もう一回言いますね。優子じゃなくて美幸です。

だけど僕ら夫婦にこんな笑いをくれて、ありがとうございます！

なんか僕ら夫婦ってこういう笑いに囲まれて生きていられるからふと入ったレストランでこんな笑いを貰えるなんて幸せ者です。

でももう一回言いますね。優子じゃなくて美幸です（笑）。

□妊娠35週目　5月9日

ブログのコメントの中で「35週目くらいになると、そろそろ乳首をつまむと母乳が滲んできますよ」的なことが書いてあったので、本当か！？　と思って、今日、お昼にソファーに座る妻にこのことを報告すると、妻は「ならないでしょー」と言いました。ならばやってみよう！　ということで、妻にソファーの上でおっぱい出してもらいまして。

やはり妊婦さんの乳首は大きく黒くなっていく。迫力と命を感じます。

まず妻が乳首をつまむが、母乳が出てくる気配はない！　なので、僕が「よし、吸ってみよう」と提案。思い切って吸ってみました。すると、なんかしょっぱい感。

母乳はちょっとしょっぱいと聞いたことがあったので、僕が「なんかしょっぱいよ」と言うと、妻が笑いながら「それはただの汗だよ」。なんだ、汗かよ！　汗を必死に吸ってるのかよ！　と思っていると、なんと。その直後、妻の乳首に白っぽいものが滲んできた。

妻が「あーーーー！　滲んできた」。

おそらくこれが母乳でしょうか。

初母乳か？　僕の吸い込みにより、見事貫通したのでしょうか！

僕が「やっぱりさっきの汗でしょっぱかったわけじゃないんだ」と言うと妻は「いや、それは汗でしょ」と。

土曜の昼からソファーで妻のおっぱい本気で吸い込んで何やってんだ！　という気がしますが、

なんだか貫通出来た気がして嬉しい。

□妊娠35週目　5月10日

僕が母乳のことをブログに書いたら、結構注意されまして。乳頭をこの時期に刺激したらダメなんですね。子宮が収縮しちゃうと何人もの方が教えてくれて。僕は母乳が出たと思って喜んじゃいまして。ちょっと反省です。

今日、妻が通っている病院で、出産を控えた夫婦が集まり、いろんなことを勉強する会。

僕ら含めて8組の夫婦。旦那さんも一緒に出席です。

まずは助産師さんに、お腹の中に今赤ちゃんがどんな状態でいるかを説明を受けて。へその緒や胎盤、羊水の意味なんかを聞きまして。そんで、お互いの夫婦同士で、今の不安とか、自分たちが気づいたこととか、いろいろ話したりして。赤ちゃんの抱っこの仕方を教わったりして。

妻が入る分娩台を実際に見に行き、妻が分娩台に乗っかって、後ろ姿になって踏ん張ってシミュレーションしたりして。この分娩室に入ってね、あとちょっとでここで踏ん張ることになるんだ！　とドキドキしたり。

その教室に出て一番良かったのは、他の夫婦の方と会えたこと、話せたこと。

いろんな夫婦の奥さんと旦那さんの距離感が見えて。でもいろんな形で愛にあふれていて。

助産師さんの話を聞いている間にも、旦那さんが奥さんのお腹を心配したり。そういう姿を見ることが出来てね、自分の意識もさらに変化というか進化したというか。

やっぱり、奥さんを守れるのは旦那さんしかいない。こんな当たり前のことだけど、何度もその気持ちが強く太くなっていく。同じ気持ちでも進化するのだ。

□妊娠35週目

僕はブログで、毎日妻のことを報告として書いているのですが、最近の記事がいろいろネットに拡散されまして。

そもそもはね、「胎盤」について書いた記事がプチ炎上。妻がバースプランのところに「胎盤を見てみたい」と書いてて。そして「何か追加したいことある?」と聞いたので、「胎盤、一口食べてみたい」と言ったんです。

産まれて胎盤食べさせてくれる病院もあると聞いたことあって。正直結構「あるある」だと思ったんですけど、「あるある」ではなかったのですね。

いや、ごはんのお供みたいにして一杯食べたいわけじゃないんですよ。妻のお腹の中で子供を守ってくれていた胎盤。妻と子供のつながりをちょっとでも口にして、自分もつながりを感じたいというか、そんな気持ちでね、それをブログに書いたことがきっかけで、結構ネットでたたいた人が出てきまして。「気持ち悪い」とか「イタい」とか「ブログに書くことじゃない」とか。僕のことをマタニティーハイだ！　とか、書いてる人もいたりしまして。

そしたらだんだん腹立ってきまして。

もしマタニティーハイだとしてですよ、マタニティーハイで何がわるい！　と思います。マタニティーローよりいいだろ！　と。

僕が出産に対して浮かれているというようなことを書いてる人もいまして。浮かれているように見えるかもしれないし、浮かれててもいいじゃねえかと思うんです。

でもね、僕の気持ちは。やはり、2回、妻が悲しんだ経験をしているので、産むまで何があるかわからないという不安の気持ちが大きい。妻は僕よりも何倍も大きいはずです。

その中でね、今、ようやく9か月まで来て、一個一個を大切に噛みしめて確認して、いろんな人の意見聞いたりして、喜んだり勉強したりして。

だけど、僕が書く気持ちをすごく応援してくれる人もいて。「マタニティーハイ大賛成」と言ってくれる人もいて。

だから振り切れまして。ブレずに振り切っていこうと！

そんな覚悟が固まった本日。

ちなみに、ブログのコメントを見ていたら、胎盤を食べたという方は結構いました。

□妊娠37週目　5月22日

正期産に入りました。妊娠37週目から41週目までのお産を正期産というのですね。37週未満の「早産」という言葉は知ってたのですが、42週すぎると、「過期妊娠／過期産」というのですね。色々な言葉があるな。

正期産は、「もうここからいつ産まれてもよい！」ということになるのですが、妻のお腹の中の子供は下がってきている気配はない。

下に降りてくる気配はあまりなし。

□妊娠37週目　5月23日

妻の母子手帳を見ると、ケースの中にあるものが入れてある。僕が買ってきた安産祈願。安産祈願のお守り、妻はお友達や、周りの方に結構いただきます。全て我が家の神棚にまつらせていただいてる。

僕は妻が安定期に入って、年を越して、お正月明けに伊勢神宮に行った時に安産祈願のお守りを買ってきました。

僕らが結婚式を挙げた場所は伊勢。なので、その伊勢の伊勢神宮で買ってきたものを妻に渡そうと決めていました。

安産祈願のお守り、いつ渡したらいいんだろうとずっと考えていました。早すぎてはダメだなと個人的に思って。だから安定期に入ったら……と思って。

年明け、1月1日にしようかなとか思ったり。だけど、正月明けに僕が伊勢神宮に行くことになったので、そこで買ってこようと思いました。

伊勢神宮は妻と行くことが多いのですが、妻は妊娠してたので行かず。だから買ってきたのを内緒にしてまして、そして、1月13日、妻の誕生日。0時になった瞬間、僕は外にいたので、メールしました。

メールに、伊勢神宮のお守りを撮影して、その写真を添付。35歳になった瞬間に、安産祈願のお守り写真を妻に送りました。そして家に帰って渡しました。

母子手帳の入っているケースに入った安産祈願を見て、なんか鼓動が速くなるというか、胸がグっと締め付けられるような気持ちになる。

どうか。

どうか。

どうか。

無事に。妻が元気に。元気な赤ちゃんを産んでくれますように。

この気持ちがお守りを通じて、神様に伝わりまくってくれますように！　と願う。

□妊娠37週目　5月25日

ラスト1か月を切っての体調の変化がやはりすごいんですね。爪がガタガタになり、薄くなり、妻はちょっと不安になっている。

そんな中、妻と知人とちょっとシャレたレストランに食事に行く。

パンがとてもおいしく、何個でもおかわりしていい。妻は最近、食欲をおさえてますが、今日くらいは！　と結構食べました。

パンも何個もおかわりして。僕が残しかけたデザートも全部食べて！

そんなに食べて大丈夫かな？　と思ったら、

家に帰ってきて、食べ過ぎでゲロを吐く！　という結末に。そういうとこが妻らしく、いい言葉で言えばチャーミング。

妻は現在、体重、プラス6キロくらいでおさえています。本当は4キロと言われているのですが、6キロ。頑張っている。

今日、ちょっと増えたはずだけど、ゲロを吐いたせいで、ちょっと戻ったか。

当たり前だけど思います。食べすぎはダメ！

□妊娠38週目

昨日、日本映画批評家大賞という賞の授賞式があったようで。妻は臨月で出席。

妻が坊主にしておっさん役を演じた『福福荘の福ちゃん』で新人賞をいただく。ちなみに女優賞ね。妻は、授賞式では、「妊娠している状況で、おっさんを演じた賞を貰えたことが嬉しい」と言っていたようだ。

妻がこの映画の撮影している時は、この仕事をやりきって、妊活休業をする！　と決めて臨んだ。その映画で、新人賞が貰える。もらった時には、お腹に赤ちゃんがいて臨月。

すごく素敵だなと。

お腹の赤ちゃんはちょっと困惑してるかも「え？　お母さんがおっさんの役で賞をもらった？どういうこと？」って。でもきっと喜んでくれていることでしょう。

授賞式の間、妻のお腹の子供はかなり動いていたらしく。受賞を歓迎してくれていたのか？爆笑していたのか？？

今日のスポーツ新聞には昨日の授賞式のことが書かれていて、その見出しには、一行、「おっさん　臨月」。

こんな見出しをゲットできる妻を改めて誇らしく思う。

□妊娠38週目　5月30日

夜、地震があった。小笠原諸島の母島で震度5強。東京都内では震度4と計測されたところが多かった。

その時間、僕は六本木ヒルズで映画を見てました。『メイズ・ランナー』という映画。巨大迷路を抜けださなきゃいけない！　という映画で、巨大迷路が地響きたてて動き出すところで、揺れ出して。演出かと思ったら地震で。

映画の途中だったけど、僕は劇場を出て、妻に電話をした。1回目、つながらなくて心配になったが2回目、つながり、「大丈夫だ」とのこと。

この地震で考える。もし妻が出産する時に、地震や天災が起きたら。

2011年3月11日。東日本大震災が起きた時、妊娠していた人、出産したばかりの人も沢山いたわけで。もしあの状況で妻が出産になったら……と、考える。

今の日本で何が起こるかわからないし。何が起きても不思議ではない。

だから、こういう時は夫が「もしもの状況」も考えてシミュレーションしておかなければいけないのだなと思う。

そんな中。僕の体にちょっとした異変が起きている。体がかなりむくんで、あまり寝られず、体がダルい。

肝臓が悪いのか？　腎臓が悪いのか？　と思っていたが、病気ではなさそう。

以前、ある噂を聞いたことがあり、調べる。それは「男のつわり」。ネットで調べると、そこには。

男のつわりとは、妻が妊娠すると夫の身体の調子が悪くなることをいう。福島県では「トモクセ」、岩手県沿岸地方では「男のクセヤミ」といい、ひどい人は妊婦と同じく汗をかいて衰弱し、嘔吐をもよおしたりもする。

が、妻の出産が終わると治る。

などと書いてある。他にも男のつわり情報は沢山出てくる。

ブログにこのことを書くと、沢山の奥さんが「うちの夫も男のつわりなってました」と書いている。おそらく医学的に考えたら、むくみとかうつるわけないと思うが、が、例えば、旦那さんが、妊娠している奥さんのことをすごく心配してたとして。奥さんの気持ちを、もっと理解してあげなきゃ！　と考えると、パソコンが「同期」するように、脳もちょっとした「同期」を起こすのかなと思いまして。そしたら、奥さんの脳と同期した脳が体に指示を出して、むくみとか、吐き気とか出るのかなとか。あくまでも僕の想像でしかないですけど。

でも、そうだとしたらね、ちょっと嬉しい。妻の妊娠中の辛さを少しでも体感出来てるとしたら、それって素敵なことじゃないかと思っていて。

今まで経験したことのない体のむくみだけど、女性はこの数百、いや、数千倍の体の辛さを経験しているのだと思うと、女性の強さ、たくましさを改めて尊敬するしかない。

□妊娠38週目　5月31日

おそらく出産前、二人では最後になるであろう食事に行ってきた。

妻の希望もあって焼き肉です。妻が大好きな焼き肉「若葉」。『24時間テレビ』のマラソンの時もここを本当のゴールに妻は頑張ってきました。妻の心のふるさとであるこの焼き肉「若葉」。

ここに来て、妻はむくみがなくなってきたせいか、ちょっとだけ体重が下がったので焼き肉を堪能。食べ終わり、妻は「今日はかなり少食でしたよね」というと、ご主人が「美幸ちゃんにしたら少食だけど、普通の男性からしたら結構食べてる方だよ」と言われる。女性ではなく男性と比べられるところが、また素敵だ。

食べ終わり、帰るときに、女将さんが、妻のお腹を触ってくれまして。パワーを注入。

今度会うときは2人じゃなく、3人で来る！　絶対に！

いつも二人で行っていた場所に最近行くと、「ここに二人で来るのも最後になるかな」と思うと、ほんのちょっとの寂しさと沢山の希望が混ざり、不思議な気持ちになる。

焼き肉食べると陣痛が来た！　って人も結構いる。

いよいよ。近づいてきた。かな。

2015年6月12日　出産予定日

予定日通りに産まれる人はそんなに多いもんじゃないと思いつつも、やはり予定日2日前からのそわそわ感は半端じゃありません。妻も予定日1週間前くらいから、期待と不安で言うと、不安の方のふくらみが加速したようでした。

予定日は僕がパーソナリティをやっている東京FMの「よんぱち」というラジオの生放送がありまして。しかも3時間半。ラジオスタッフは心が広すぎて、「もし放送中に陣痛が来たらすぐに放送抜けてもらっていいですから。そっちの方が大事ですから」と。いや、放送も大事だろ！　と思うが、もしもの時に備えて、その日のゲストは喋りの得意な芸人さんをズラリと揃えてくれていた。いやー、ありがたい。

が、その世話になることなく、放送は終了。その日の朝、病院で健診を受けていたのですが、「まだ下がってきてないな」と言ってたので、「今日は来ないんだな」と思いつつも、その日はずっと勝手に緊張していた。

予定日は金曜日、この週末の土日。「もしかしたら突然来るかも」と緊急スタンバイに備えて、結構家にいまして。家で出来る仕事とかしていたものの、奥さんのお腹を「まだ下がってきてないかな」とさりげなくチェック。

妻は予定日までは不安が大きかったようですが、予定日を過ぎてからは、日に日に大きな体のように構える気持ちも大きくなっていったようです。「もうここまで来たらいつでも来い」と。予定日の健診ではお腹の中の赤ちゃんは3000グラム台前半。だけど僕は心の中で思っていたのです。僕は産まれた時に4050グラム。妻は3950グラム。親の産まれた時の体重に近づいて産まれる！　なんて噂も聞いたことあって、かなり大きく育ってから産まれて出てくんじゃないかと。

予定日を過ぎて4日目に突入。土日の2日間、勝手に緊張しすぎて疲れてしまい、なんだか自作自演でピリピリしてしまった。だけどね、一番不安なのは妻であって、なのに旦那が勝手にそわそわしてドキドキして緊張してその末にイライラしてたら、足を引っ張るな！　と思い、まずはその状況でリラックスして生活できるように、自分自身があまり力を入れ過ぎず友達と飲みに行ったりするようにしました。旦那さんは出産予定日の近くになったら、「俺がいるから大丈夫だ」と構えて守ってあげなきゃいけないんだけど、でも、男の方がビクビクして心配しちゃうもんなんでしょうか。

予定日を過ぎて5日目。妻と鍼に行く。お腹の中の赤ちゃんが下がってきてる感覚が全くないと言ってた妻だったが、この鍼が終わったあと、急に下がってきた感を訴える。「おまたあたりが痛くなってきた」と。歩くのもしんどい。だけど、歩くのがしんどいからこそ、歩いて赤ちゃんを下げてあげなきゃダメだといろんな人にアドバイスをいただき、歩く。

なるべく時間を見つけて、妻と一緒に歩くようにした。今考えてみると、予定日を過ぎてお腹が大きくなりまくってる中で二人で街中を何度か散歩できたのは、お腹の子からのプレゼントだったのかなと思ったりもする。

予定日を過ぎて1週間。さすがに1週間過ぎてまわりがざわざわし始める。メールも結構届く。そのメールは「私も1週間遅れたよ」とか「2週間遅れました」とか書かれているんだけど、なんだか励ましに見えたりして、僕の中で再び焦りが出始める。

妻が通っている病院はなるべく自然分娩で産む！　という考えなのですが、予定日から1週間過ぎて病院に行った日に、「2週間経って産まれなかったら帝王切開という選択肢も入ってくる」ということを言われる。なんとか自然分娩で産ませてあげたい。病院の先生もそう思ってくれているし、僕もそう願っている。

予定日を過ぎたあたりから病院に行き、妻は弱めの誘発剤的な薬?が入った点滴を5時間くらいかけて打つようになった。これを打ってる間は明らかに子宮が収縮してる感じがわかるらしい。が、点滴が終わり家に帰ると、普通に戻る。明らかにお腹のふくらみは大きくなるが、病院のエコーでは3000グラム台前半という予測。

家に帰って、妻のお母さんが「そろそろ産まれてきてくんないかね〜」と明るく言ってくれる言葉に救われる。なんか夫がそれを言うと、奥さんが焦ってしまうんじゃないかと思って。

正直予定日過ぎてからしばらくは、妻がお腹を触りながら「自分のタイミングで産まれてくればいいんだよ」と言ってたので、僕もお腹に向かって「焦らなくていいんだから」と言っていた。

しかし！　予定日1週間を過ぎて僕は対応を変えた。逆子の時に話しかけが効くと言われて実行し、効いた気がした。予定日を過ぎた時も夫がお腹に話しかけたらそのあと5分後に陣痛が来たと教えてくれた人もいたので、実行することにした。

妻を寝かせて股を開かせる（もちろん服は着ているが）。その股に直接僕は口をつけて大きな声で叫んだ。名前で呼んだ。「笑福《えふ》――！　そろそろ出てきてくれ――！　そうじゃないと帝王切開になっちゃうよー！　だからそろそろ出てきてくれー！　頼む」。お母さんが横にいた。お母さんは娘の股に顔をつけて叫んでいる男性をどう思ったかわからないが、笑ってくれてたから助かった。

その叫びが届いたのかわからないが。いや、届いたのだろう。お腹の子供は動き出した。

２０１５年6月22日　月曜日

予定日を10日過ぎて、その日は健診がありました。僕と妻のお母さんも一緒に行き、まずはエコーでお腹を見て貰う。３０００グラム前半の予測。そのあと内診をしてもらうが、やはりお腹の赤ちゃんは下がってきてないとのこと。ちなみにですが、妻は内診が大の苦手。かなり声を出して騒ぐ。内診が得意な人なんかいないとは思いますが、先生は僕に言いました。「これだけ内診がダメで声出してると出産はかなり苦労するかもな〜」と。だから覚悟した。

内診後、「今日は多分産まれなそうだから、2日後の水曜日にもう一度病院に来てもらい、健診して、そこまでに産まれなければ木曜日から入院になる」と言われる。

妻はお母さんと病院に残り、点滴で促進剤を入れることになった。促進剤と言っても、ゆるいもので、すぐに陣痛が来るものではなく、体に入れるのに、5時間ほど時間がかかりそうだと言われた。

僕はそこで一度仕事に抜けたが、会議が早く終わり、次の会議までの間に妻とお母さん用にお弁当を買って持って行こうと思っていた。そしたら妻から電話。明らかに声がおかしい。

妻は辛そうな声を絞り出すように言った。「今日はなんか違う」

病院に駆けつけると、妻はとにかく腰と背中が辛そうで、お母さんが腰をマッサージしていた。今まで辛そうな妻の表情はいろんな種類見てきたが、これは見たことのない種類。促進剤の点滴を打つことによって、この日は陣痛のような痛みが来てるらしい。妻の体に付けられたコードは、測定器のような機械につながっていて、そこに数値を出すメーターがいくつか出ていた。子供の心音を測るものと、もう一つ「陣痛」と書かれたものがある。僕はまったく知らなかったが、そのメーターは人の「陣痛」を測るものだそうで。「1~99」までの数値が出るようになっていて、その時、妻には数分おきに数値が上がり、痛みが来るようになっていた。

ただ、これはあくまでも薬で起こしているものなので、点滴を終えた後に、このリズムに乗って本当の陣痛が来ることを狙っているのだという。でも話の雰囲気からは、妻の場合はそのまま陣痛になることはなさそうな感じ。その日、まったく下がってきてなかったし。

腰をマッサージする役をお母さんから僕に交代。最初は5分に1回くらい、妻が「きたきたきた」というと、陣痛メーターが一気に99まで駆け上がっていく。そうすると僕が腰を押す。この繰り返し。5分だった間隔が2~3分に1回になっていく。時間とともに妻の痛がりかたも強くなる。メーターは99までしかないが、1万まであったら上がっていくんじゃないか？　と思うような声。でも1万までわかったら、「私、今1万痛い！なんだ」と思って、失神したりするのかもしれない。99にしてるのは作った人の優しさか？なんてそんなことを考えながら妻の腰を押す。

　この痛みはあくまでも薬で起こしているもので本陣通じゃない！的なことを言われていたので本番の練習のつもりで腰をマッサージしていた。それを繰り返すこと、1時間くらいか、妻が「あれ？　なんかオマタから出てきた」と言った。僕もお母さんも「出血なんじゃないか」と言っていた。そのつもりだった。助産師さんを呼んで、確認してもらうことに。

　助産師さんが妻に「一回立って貰っていいですか？」と言い、立った。すると、座布団がおもらししたみたいに濡れていた。そしたら助産師さんが「破水ですね」と言った。

え？　どういうこと？　本当の陣痛じゃないんじゃないの？　いきなりの破水？　え？産まれるの？　でも、知り合いは破水しても3日間陣痛が来なかったとか言ってたので、自分の中ではこれが本当の陣痛ではないと思いこませて、まだ産まれないだろうと思い、思い込み、一応用心して、とりあえず「ある荷物」だけを家に取りに行くことにした。

　Bダッシュボタンを押したかのようにすべての行動をハイスピードで行った僕は、30分ほどで「ある荷物」を家からピックアップし、病院に戻ってきた。妻は先ほど点滴を受けていた部屋ではなく、病院内の和室に入っていた。妻は分娩室での出産ではなく和室での分娩を希望していたのだが、僕はそこに入り、思った。え？　和室？　分娩？　え？？産まれるの！？？？　と。戻ってきた僕を見た助産師さんが言った。「カメラ回すなら早くしないと。あと1時間ちょっとで産まれると思います」

え？　え？　どういうこと？　今日下がってこないんじゃないの？　水曜日にもう一回病院来るんじゃないの？　なんで？　陣痛じゃなくて薬で起こしていた痛みなんじゃないの？　なのにどういうこと？　産まれちゃうの？

心の準備は出来てなかった。ハワイに行こうと思ったら目の前にどこでもドアが出てきて、ドア開けてハワイ着いちゃったみたいな。もう、ここ！？的な。

しかし。僕のブログでは何万人を超える人が出産体験をコメントで書いてくれていて、読んで頭に入れていて良かった。その日までお腹の赤ちゃんは下がってなかったのに、突然下がってきて生まれたんですよ！　とか書いてた人もいて。1000人いたら1000通りの陣痛と出産がある。どんなお医者さんにもわからないことは子供が産まれてくるタイミングなんだ。そんなことを思い出して、焦りとか動揺をすっ飛ばして、覚悟を決める。先生も、まさか今日来ると思ってなく驚いて入って来た。

僕が和室に入った時には妻はバランスボールに上半身をもたれかかりながら、苦しそうな声を出していた。助産師さんの産まれる宣言を受けて覚悟を決めた僕は、家に取りに行っていた「ある荷物」を取りだした。それはヘルメットカメラ。

妻は出産する時に、CCDカメラ付きのヘルメットをかぶって産まれる時の自分の顔を撮影したいと希望していた。そしてそれを『イッテQ！』で放送してほしいと。

理由は2つ。子供に将来その映像を見せてあげたい。もう一つは、自分は芸人でありリアクション芸人である。尊敬する出川哲朗さんやダチョウ倶楽部さんにも出来ないリアクション。出産中の顔を、リアクション芸人の相棒であるヘルメットカメラで撮影すること。予定日の2週間くらい前にそのヘルメットカメラは家に届き、妻はかぶって練習したりしていた。

出産中にヘルメットカメラをかぶるなんてけしからんと怒る人もいるでしょう。出産をなんだと思ってるんだ！　という人もいるでしょう。でも、妻は女性でありそして芸人である。

もちろん母子ともに安全に産まれることが一番である。それを撮影することによって、とてつもなく悲しい記録が残ることになってしまう可能性だってある。だけど、妻はやってみたいと言った。チャレンジしてみたいと言った。

バランスボールの上に上半身を乗せて、聞いたことない声を絞り出している妻を見て、思った。無理だ。ヘルメットカメラをかぶるなんて。無理だと思ったが、妻の希望だ。僕は陣痛で苦しむ妻にヘルメットカメラを出して聞いた。「かぶるの無理だよね」と。妻は返事をしない。横でお母さんが「無理だよ！！」と厳しく言ってくる。僕だってわかっている。無理だって。でも、でも本人が希望したことだったから聞いたんだ。

妻はその後、布団の上で横になった。横のポーズが自分的には少し楽で、このまま産みたいと言った。

僕はカメラを回すことにした。ヘルメットカメラをかぶって出産に挑む妻を僕がカメラで回すことになっていたからだ。妻はヘルメットカメラをかぶってはいない。が、出産を迎える妻の姿を撮影しておきたい。そう思った。ヘルメットカメラは妻の顔の近くに置いた。かぶってほしいわけじゃなく、ヘルメットカメラ魂だけ近くに置いておこうと思ったのだ。

横になり助産師さんに言われたとおりに呼吸を整える。これから10か月以上妻の体の中にいた子供が出てくる。沢山の人が経験していることだけど、信じられない。

バランスボールの上では悶絶していた感じだったが、横になってからはリズムを捉えてきたようだ。

すると妻は。目の前にあるヘルメットカメラを見た。そして。僕にはうなずいたように見えた。「いくぞ」と。妻は自らの手でヘルメットカメラを取り、かぶったのだ。僕は妻の取った行動が信じられなかった。この状況でかぶるなんて。

カメラのレンズのところには蓋がついていたので、僕が外そうと思ったのだが、妻が出産を迎えるという人生初の状況に加えて、ヘルメットカメラをかぶるという行動を起こしたことで動揺して、手が震えた。緊張と感動からだった。僕は泣きそうだった。涙が出そうなのを必死にこらえた。

こんな時にヘルメットカメラをかぶろうとした妻を非難する人もいるだろう。だけど。芸人という仕事は血液まで芸人になっていく。母親になる女性であるが芸人である。カメラをかぶって、その顔を残したい。その顔を、いつか子供に見せたい。その気持ちが勝った。

僕はヘルメットをかぶった妻の姿が、お腹の中の子供に母親として、芸人としての根性を見せているような気がした。お腹の子に「お母さんの職業は芸人だよ」と言ってるような気がして、だから涙があふれそうなのをこらえた。

妻は自らの手でヘルメットをかぶり自らの手でカメラをスタートさせた。するとひとつ奇跡が起きた。目の前にある小さなカメラのレンズに向かって妻の視点がギュっと寄った。

視点が定まることによって、さらに落ち着き集中力が増していったのだ。そんな妻に助産師さんも「いいですよ！　上手、上手」と叫んでいた。助産師さんが妻のオマタを見ると、頭が見えてきたと言っている。

そこに、森三中の村上や、たんぽぽの川村さん、椿鬼奴も駆けつけた。妻が心から信頼している『イッテQ！』の女性プロデューサーも来てくれたので、僕は妻の後ろに回った。背中をさすったり手を握ったりして、妻と一緒に呼吸をあわせたりして、妻の顔を見つめた。

ヘルメットカメラをかぶっている。今から出産しようとする女性が、ヘルメットカメラをかぶり、その顔を撮影しようとしている。

子供を産もうとしている妻の体をさすっている時に、僕の頭の中ではこれまでの妻との思い出が駆け足で走っていった。

13年前妻と初めて会ったとき。初めて会った人に「結婚しよう」と言って、妻はふてくされながら「いいっすよ」と言って、みんなが笑って、そしたら本当に交際日0日で結婚することになった。部屋を借りに行った時には森三中の村上と黒沢もついてきたりして、婚姻届けを出した日が初めて二人きりになった日で、ファミレスで最初に妻から出た言葉が「なんか気まずいっすね」で。でも、結婚しても気まずかったはずの二人が、妻の提案で呼び方を「みいたん」と「むうたん」にしてから距離がどんどん縮まっていって、中目黒の目黒川では妻をいきなり腹痛が襲って、目黒川添いで野グソして、僕がフォローして初めての夫婦の共同作業だね！　なんて言ったりして、どんどん仲良くなっていって。エジプトとかマチュピチュとか色んなところに旅行行って、色んなことで笑って色んなことで一緒に怒って。そしたらお腹の中に初めての命が宿って、でも残念なことになって、それが分かった日、病院から家に帰るまで歩いて帰って、途中で妻があんまん買って、家に帰って悔しくて泣きながらあんまん食って、そのあと2回目の妊娠もしたけど、また残念なことになって泣いて。でも、そこからさらに体を張り始めて、芸人としてもどんどんおもしろくなっていって、たくましくなっていって、24時間のマラソンを泣きながら走って、焼き肉食って、坊主にしておっさん役演じて、家で疲れて股開いて寝て。妊活に入って、手術して、一緒に精子の検査に行って、精子の量が少ないって言われて驚いて、あとで笑ってしまったり。人工授精して子供出来て、ちょっとずつお腹が膨らんでいって。

13年あっという間だった。思い出してみても、笑った。沢山笑った。悲しいこともあったけど、妻と出会えて沢山笑えた。

そんな妻は、女芸人・大島美幸は今、目の前で母親になろうとして大きな声を出している。

助産師さんが「出てきますよーーー」と叫ぶと妻が最後のいきみ。妻のオマタから見えていたわが子の頭が、まるで土の中から割れて出てくるように。

出てきた。

とにかく出てきた。

僕はしっかり目に焼き付けた。ヒトが。人の体から出てきた。自分と妻の遺伝子を持ったヒトが、妻の体から出てきた。

髪の毛が生え揃って手と足もでかい。ただでさえ僕と妻は似ているけど、そんな僕と妻に似ている「ヒト」が、「命」が出てきた。

人生で初めて感じるその思いは、どの感情にも属さなくて。嬉しさとかそういう感覚を、余裕で超えていて。とにかく妻に早く見てほしい。自分の体から出てきたわが子に会ってほしいと思った。

そして体から出てきた、その「命」を助産師さんが手で抱え上げて妻の顔の横に置いた。妻は産んだ直後に我が子と対面した。ヘルメットカメラをかぶったまま、我が子と対面した。妻は泣いた。泣きに泣いた。妻は泣きながら目の前の「命」に言った。「ありがとう」と。

その「ありがとう」は、13年間ずっと一緒にいた女性が母になった瞬間だった。

妻が子供を産んだ日の夜、僕はこんなことをブログに書いた。

本日、妻が元気に元気な赤ちゃんを出産いたしました。

３８８５グラムの大きな男の子です。

今日も病院に行って、まだ下がってきてないな〜ということだったのですが、病院でいろいろとやっていたら、まさかの陣痛がいきなり来て、陣痛時間は3時間ほどのかなりの安産でした。

産んだ子供を見たときに、妻は泣いていました。嬉しくて泣いていました。

栃木県の田舎町から出てきて、女芸人になり、体を張って張りまくり、裸になって時には殴って時には殴られて、叫んで叫ばれて、全身で人を笑わせようと生きてきた彼女が、22歳の時に僕と結婚し、結婚してからもさらに体を張る芸風になり、そんな彼女がお腹に命を宿したものの、残念なことになり。

そんな悲しい経験をへたあとに、やはり、母親になりたい！　と強く思い、人生でもある芸人という仕事を休業し、妊活休業を決めて、そして今日、子供を産み、母親になれました。

応援してくれた沢山の方々の気持ちが妻の大きなパワーになりました。

我が子が妻の体から出てくる瞬間を見ました。

その瞬間を2文字で言うなら。

この言葉、僕は今まで何度も使ったことはありますが、本気で使ったことはなかった。

というか、本気で使える瞬間がなかった。

だから、今、この言葉を僕の人生で初めて、心から使えます。

我が子が妻の体から出てくる瞬間
奇跡。

産まれてきた子供の顔を初めて見た妻の顔を僕は一生忘れないです。

ちなみにですが、陣痛が来ている中で、何度も「うんこが出そう」と叫んでいた妻ですがお母さんが冷静に「それ、うんこじゃなくて子供が産まれるんだよ」と言ってるのが、なんか妻らしいなと思ったり。


そして妻へ。

お疲れさまでした。

子供を産んでいる時のあなたは素敵でした。

格好良かったです。

最高です。
愛してます。
そして、産まれてきた我が子も。
愛してます。

2015年6月22日　鈴木おさむ

2015年7月

子供の名前は正式に「笑福（えふ）」と付けました。「笑うかどには福きたる」で「笑福」です。「鈴木笑福」と書いて「すずきえふ」。これを発表したあと、ネットでは「キラキラネームだ」とか言ってる人がいまして。笑福亭一門に入ったら「笑福亭笑福」だな、とか、小学校に入ったら鈴木が何人かいて、名簿に「鈴木（笑）」と書かれたりしてかわいそう、とか。でも、たとえ、学校でそんな風にいじられたとしても、笑い飛ばしてほしいし、そんな子供に絶対育てます。僕は「おさむ」という名前ですけど、昔、「ザ・ぼんち」がブレイクした時に、クラスのみんなに「おさむちゃんで〜す」ってイジられ、その時思いました。「このままイジメられるんじゃないか？」って。でもね、逆に自分で「おさむちゃんで〜す」ってやったらみんなが笑っててイジらなくなった。一発屋の芸人さんとかがブレイクすると、それと同じ名前の人がクラスでいきなりイジられたりするもんですよね。急に立場が変わる。

これは僕の持論ですが、おもしろいやつはイジメられないという考えがあります。だから、名前の通り、妻と一緒に「おもしろい子供」に育てようと思ってます。おもしろいというのはいろいろ解釈あると思いますが。おもしろい子供に育て、おもしろい大人になり、沢山の人が笑顔になれるような人になってほしいと心から願っています。

そんな息子の笑福が産まれてから2週間近く経ち、正直、僕の中では現実感がありません。家に帰ったら自分たちの子供がいるという状況が、まだ信じられない。寝て起きたら夢だったんじゃないかと思ったりします。

でも、息子を抱きしめながら寝ている妻を見ていると、現実であることが体に染み込む。妻は、妊活宣言してから約1年間。妊娠して、無事に出産することが出来ました。沢山の方々のご協力・応援により新しい命を授かることが出来ました。

悲しみに大小つけるべきではないけれど、妻よりも妊娠や出産で辛い思いを経験をしてる方は沢山いる。もしかしたら僕らのことがニュースになり、それを見て、悲しい気持ちになったり焦ったりしたり、傷つけてしまったりしてるのではないかと思ったりもする。

でも、この応援していただいた気持ちを裏切らないよう、親として、責任をもって育て、その育てる姿で何かを伝えることが出来たらと思っています。

僕は放送作家という仕事をしています。テレビの放送作家業と、それ以外の仕事もさせてもらっています。メインはテレビの放送作家業なんですが、思い切って、この機会に、テレビの放送作家業を、約1年、休ませてもらうことにしました。そうすると、仕事は週に2日ちょっとで、週に4~5日間、時間が出来ます。

僕はテレビで20本以上の番組を担当していたので、色んな局の沢山のスタッフに協力していただき、これを実現することが出来ました。

今から10年ほど前、とあるディレクターが、バリバリ仕事マンだったのに、子供が産まれていきなり1年間休みを取ったのです。0歳の頃に近くにいてあげたいと。その人は僕に言ってました。「この時期に自分の子供の近くにいられることは、こういう仕事をしてるからこそ大切だと思う」と。

その人が育休を終えて戻ってきたときに、なんか格好良く見えたんです。自分の中での順番がはっきりして生きてるなと。大切なものがなにかを自分の中ではっきりさせて生きてるなって。それって意外と出来てる人少ない。みんなぼやかして生きている人が多い。

育休を実行したディレクターさんの言葉がずっと胸にひっかかってまして。だから、妻の妊娠中にずっとこのことを考えていまして、実行することにしました。これを出来ることがどれだけ贅沢なことか、感じております。

世の中には、育休を取りたくても取れない人も沢山沢山いて、会社に男性の育休制度はあっても、それを取ると有給の休みではなく、お金も出なかったり。男性が育休を取ろうとすると、出世に響くなんてことを言われる会社もあるとか。

そして、僕の妻は芸人であり、森三中というトリオを組んでいる芸人です。妻が望むならば、ゆっくりでいいから仕事に復帰させてあげたいと思っています。だからこそ、自分が仕事を一気に減らして休みを取れることで、そのアシストも出来るかなと思っています。

ほっておくと、僕は昼に仕事に行き、夜中に戻ってきて、朝方まで台本書いて、また昼に仕事に行くということの繰り返しになります。忙しいルーティーンの中であっという間に10年とか経っちゃうんじゃないかと思い。だから、ここで思い切って、仕事の仕方も見つめなおす必要があるんじゃないかと思ったり、それが出来る環境であることがありがたいのですが。休むことによって、テレビをオンタイム視聴（放送している時間に見られる）することによって、テレビの見方が変わり、1年後、放送作家業に戻った時に、またいい影響が出ると思っています。

僕は育休という言葉が個人的には好きじゃなく、父親になることを勉強するから「父勉（ちちべん）」という言葉を勝手に作って言ってます。「父勉」のためにお休みをいただくと。男性が会社で「育休の為に休む」とは言いにくいけど、「父勉」だったら言いやすくて、先輩の上司が「お前子供産まれたんだろ？　父勉、やってこい」みたいな会社とかが出たらいいなと思ったりしてます。

まずは、1年間。父勉のために仕事をグッと減らして。妻と子供と向き合い、父親になることを勉強し、子供を育てながら、自分が一番成長しなければいけないと思っています。

そして、なにより妻と向き合える時間が増えるのが嬉しいです。

育休を経て、自分の大切な順番がはっきりとなったあのディレクターのように。今、僕の中での順番。妻は子供が一番、僕が二番でしょう。僕にとって当たり前ですが、子供は大切。宝です。ですが、僕の中では、愛している順番は妻が一番、息子は二番。もちろん息子のことは命がけで守ります。順番なんぞそもそもつけるものじゃないと言われるかもしれませんが、その気持ちでいますし、それを子供に伝えたいと思っています。

そしていつか、息子が僕と同じように、妻を一番だ！　と言い切れるような相手と出会って、その人を全力で愛することができることを願って育てます。

なので僕は夜、家に帰ったら、寝室に入り、まず寝ている息子の頭をなでるのではなく、寝ている妻の手を握り、妻の頭をなでて、そしてその次に息子の頭をなでるようにしています。それが夫婦にとってはすごく大切な気がして。

交際0日で結婚した僕たちは、13年目で、子を授かり、これから大きく変わろうとしています。子供の成長ももちろん楽しみですが、子供を産んだ芸人・大島美幸が母親としてどう変化し変わっていくかがとてもとても楽しみです。

一日一日を大切に。悲しいことも怒れることも、いつか笑いの種になると信じて。

笑うかどには福きたる。

あとがき

いかがでしたでしょうか？　妊活ダイアリー。こうやって僕ら夫婦のことを書いて綴って、本にしていただいて、それを読んでいただいて感謝しております。こうやって僕が妻の妊娠や出産について本やブログなどで書くことによって、批判する人もいるでしょうし、その気持ちもわかります。

ただ、僕ら夫婦は、自分たちの生き方を通して、見せていきたいというか。そんな風に思っています。人生の切り売りという人もいるかもしれませんが、人生がアートだという芸術家がいるように、人生すべてが作品だと思ってます。作品だとか言うと偉そうですけどね。

でも誰だってそうです。１０００人いたらそこに１０００通りの人生の作品がある。と思っています。

僕は結婚した時から「ブスの瞳を恋してる」というエッセイを書き続け、ありがたいことに4冊も本を出しました。今回「妊活ダイアリー　ｆｒｏｍ　ブス恋」としましたが、この本を「ブスの瞳に恋してる5」の位置づけにさせていただきます。

息子が産まれた僕たちの人生が今後、どのような形で「ブスの瞳に恋してる」になっていくのか、不安もありますが、楽しみです。

というわけで。いつか、またお会いしましょう。

放送作家　鈴木おさむ

*筆者、鈴木おさむの今作の印税は全額「東日本大震災ふくしまこども寄附金」に寄付させていただきます

鈴木おさむ

すずき・おさむ　1972年千葉県千倉町（現・南房総市）生まれ。放送作家。"『いい夫婦の日』パートナー・オブ・ザ・イヤー2009"受賞。ドラマや映画の脚本、舞台の作・演出、ラジオパーソナリティ等、各方面で活躍。著書に『ブスの瞳に恋してる1〜4』（マガジンハウス）、『芸人交換日記〜イエローハーツの物語〜』（太田出版）、『美幸』（KADOKAWA）「名刺ゲーム」（扶桑社）等。
オフィシャルブログ　http://ameblo.jp/smile-osamu/

「ブスの瞳に恋してる」
（『Hanako』2012年11月22日号〜2015年5月14日号）
に加筆、訂正

妊活ダイアリー from ブス恋

2015年9月10日　第1刷発行
2015年9月11日　第2刷発行

著　者　鈴木おさむ

発行者　石﨑 孟

発行所　株式会社マガジンハウス
〒104-8003　東京都中央区銀座3-13-10
書籍編集部　☎03-3545-7030
受注センター　☎049-275-1811

印刷・製本所　大日本印刷株式会社

JASRAC 出 1509851-501

ISBN978-4-8387-2788-9 C0095